Nicht ohne meine Katzen

Dietrich Neuhaus

Nicht ohne meine Katzen

Prosa, Verse, Fotos

Bibliographische Information der Deutschen Bibliothek:
Die Deutsche Bibliothek verzeichnet diese Publikation in der
Deutschen Nationalbibliographie; detaillierte bibliographische
Daten sind im Internet unter http://dnd.ddb.de abrufbar.

Copyright 2008 bei Dietrich Neuhaus
Grafik: Manuel Neuhaus

Herstellung und Verlag:
Books on Demand GmbH, Norderstedt

ISBN: 978-3-8370-2938-3

Inhalt

(1) Ochtendang begegnet im Paradies
dem Katzenglück

(2) Ochtendang reist durch seine Wohnung
wie ‚Mäuschen', die Katze

(3) Ochtendang lässt Mäuschen, die Katze,
ein paar Stunden allein

(4) Ochtendang macht mit Mäuschen,
der Katze, eine Reise im Bett

Vorwort: Ein umfassendes Geständnis

Ja, wir sind eine total ‚verkatzte' Familie! Überall im Haus hängen Bilder von Katzen, stehen kleine Katzenfiguren jeglichen Stils, stößt man auf lebensgroße Katzenskulpturen, sogar im Garten. Was zeigt die Fußmatte vor der Haustür? Was sieht man auf unseren Bildschirmschonern? Womit sind die Küchenkacheln verziert? Nun, Sie können es sich denken. Von dem meterlangen Regal mit Katzenbüchern will ich gar nicht reden. Und auch nicht davon, was uns Freunde seit Jahren schenken: ein hübsches Geschirr, eine praktische Tasche, einen kleinen Wandbehang mit — klar, mit Katzenmotiven! Verrückt? Es kommt noch schlimmer. Der Hausherr schreibt traurige und lustige Katzengeschichten, macht possierliche Gedichte über unsere allerliebsten Fellgenossen, übersetzt Cat-Storys von T. S. Eliot sowie Katzenverse von anderen großen Dichtern, zum Beispiel von Charles Baudelaire, und spricht auf CDs alles, was ihm zu Katzen einfällt.

Doch Mittelpunkt unserer Katzenhochburg sind natürlich unsere lebendigen vierpfotigen Familienmitglieder — ehemals Findelkinder, Tierheimschicksale, Leid-Genossen unbekannter Herkunft. Sie alle kommen in diesem Büchlein vor, freilich nicht immer unter ihrem richtigen Namen.

Auch diejenigen, die schon im Katzenhimmel weilen, fehlen nicht. Ebenso wenig etliche unserer ‚Pflegekinder':

Zu Zeiten hatten wir mehr aufzupäppelnde Katzenbabys, zu zähmende Halbwilde, gesund zu machende Fellpatienten im Haus als zwei- und vierbeinige Familienangehörige. Und es gab fast nie Revierkriege, Dominanzstreitigkeiten oder Futterneidkräche. Unsere eigenen und die zu Gast weilenden Katzen ließen sich harmonisch einbinden in die herrschende Atmosphäre von Tierliebe, die sich bei uns irgendwie von selbst einstellt. Manche der Fotos, die Sie hier sehen, sind Erinnerungs-Schnappschüsse an die Gastkatzen, die alle längst ein neues Zuhause bei guten Menschen gefunden haben.

Ich kann mir ein Haus ohne technischen Schnickschnack, ohne wertvolle Möbelstücke, ohne Designerküche, ohne Parkettböden und sogar ohne Bilder an den Wänden vorstellen, aber m e i n Haus nicht ohne meine Katzen! Ist doch wahr: Ein Haus ohne Katzen, das wäre doch so etwas Trauriges wie ein Aquarium ohne Fische!

Wie schön, von einer Katze geweckt zu werden

Ich schlafe. Da spür' ich, halb noch im Traum,
ein zartes Getrappel auf meinen Decken:
Ganz nah steht sie da, groß gegen den Raum,
wird gleich mit Katzenküsschen mich wecken.

Moment! Erst muss sie sich wenden und drehn,
genau das Betten-Terrain erkunden.
Nachdem sie mir blinzelnd ins Auge gesehn,
vollführt sie dann noch drei schnuppernde Runden.

Nun hat sie sich endlich gelegt und gestreckt.
Ich hör' schon ihr samtenes, friedliches Schnurren.
Doch dann wird mein Haarschopf von ihr entdeckt!
Danach muss sie an der Decke zurren.

Das nennt man „treteln": Die Krallen nach außen,
betappt sie rhythmisch mit Schnurrgebrumm
mein Federbett. — Ach, schon hell wird es draußen.
Egal, ich dreh' mich noch einmal um!

Doch nun kommt das große Putzen! Geschmeidig
verrenkt sie ihr Hälschen. Mit niedlichem Schmatzen
beschleckt sie ihr Fell, dass es sauber und seidig:
die Brust, dann die Öhrchen und alle vier Tatzen.

Wer könnte da schlafen? Doch ganz so versunken,
wie's scheint, ist sie nicht. Stets auf der Hut
entgeht ihr all das nicht, was ich, schlaftrunken,
kaum wahrnehme — oh, wie hört sie doch gut!

Der Nachbar hat Jalousien betätigt.
Und irgendwo klopft irgend jemand im Haus.
Um acht steh ich auf, bin total erledigt.
Sie gähnt wie ein Löwe. Miaaauuu, ich will raus!

Susi

Nur ein Schritt

Der Wagen hielt. Bodo öffnete sanft, fast zärtlich die Beifahrertür, schlang die Lederjacke ein wenig fester um sich und stieg behutsam aus. Unter der Jacke — etwa dort, wo das Herz ist — beulte sich das Leder ein wenig. Und genau dort lag Bodos rechte Hand auf der Jacke, eine ganz schöne Pranke. Nachdem er beide Füße auf den Asphalt gesetzt hatte, stemmte er sich langsam hoch, blieb zwei Sekunden stehen und entschloss sich dann, diesmal die Autotür nicht hinter sich zuzuschlagen. Das wäre zu laut gewesen. Und Minnie war sowieso schon ganz nervös; das Schlagen der Tür hätte sie bestimmt noch mehr verschreckt. Schon während der kurzen Autofahrt hatte sich ihrem Mäulchen ein unentwegtes Quieken entrungen, manchmal sogar ein schrilles Kreischen, dann wieder ein tiefes Jaulen. Man sagt immer: Katzen machen miau. Mi-au, das war so ziemlich die einzige Lautfolge, die Bodo noch nie bei Minnie gehört hatte.

Da hockte sie nun, unter seiner Jacke, unter seiner großen Hand, an seiner breiten Brust, hin und her gerissen zwischen warmer Geborgenheit und maßloser Angst. Ja, Katzen hassen Veränderung, jeden Ortswechsel, erst recht per Auto! Bodo wusste das. Aber: Es musste ja sein.

Der Wagen hatte genau vor der Pforte gehalten. Es war ein riesiges eisernes Tor mit Elektrodraht auf den Pfosten; wie ein Hochsicherheitstrakt sah das aus. Hier wollte man auf diese Weise nicht Eindringlinge abhalten, sondern Ausbrechern die Flucht vereiteln. Bodo drückte den Klingelknopf, ein Summer ertönte, und die wuchtige Tür öffnete sich automatisch, geradezu einladend. Bodo aber blieb davor stehen.

Stumm sprach er zu dem Wesen an seinem Herzen: ,Ja, du kleine Mausekatze, das ist jetzt so eine Sache. Sollen wir weitergehen durch diese große Tür? Du weißt ja, Türen kriegt man alleine nicht wieder auf. Nur ein Schritt von draußen nach drinnen, und plötzlich ist man gefangen — manchmal sehr lange. Aber es muss sein, mein kleines Schlecker-schnäuzchen.'

Bodo ist ein kräftiger Kerl, ein mächtiges Mannsbild, und hätte er diese Worte laut gesagt, wäre ein zufälliger Ohrenzeuge bestimmt irritiert gewesen — ein Schrank von Mann mit einer jungen Katze unter der Jacke redet sentimentales Zeug. Aber Bodo sprach ja nur von Herz zu Herz mit seinem Tier, niemand konnte es hören. Und niemand war da, um ihm zu helfen. So tat er den einen Schritt von draußen nach drinnen, und das Tor schloss sich hinter ihm mit einem saftigen Schmatzen.

Quer lag das Empfangsgebäude vor ihm. Im Hintergrund schlugen die Hunde an, eine Menge Hunde. Minnies Krallen gruben sich in Bodos Hemd und durch den dünnen Stoff in seine Haut. Und eine ganz neue Vokabel kam aus der Tiefe ihrer Seele: „Wiahawioh".

Das Tierheim der Stadt lag etwas außerhalb, mitten in Wald und Wiesen, eigentlich ganz idyllisch. Es hatte auch einen guten Ruf — soweit Tierheime gut sein können. Bodo fühlte sich hier allerdings wie ausgesetzt. Dies war ganz und gar nicht sein Milieu. Er lebte mitten in der Stadt, lebte von der Stadt, von der gedankenlosen Menge in der Fußgängerzone, die, selten genug, ein paar Almosen in seine Mütze geworfen hatte. Mit diesen Massen kannte er sich aus. Sie waren blind, blöd und bar aller Gefühle. Aber seitdem sie das Kätzchen sahen, das aus seiner abgeschabten Lederjacke lugte, funktionierte die Automatik ihrer verblassten Seelen besser, und süßlich grinsend zückten sie Silbermünzen! So konnte man leben, zu zweit, ein Mann und eine Katze.

Hier draußen dagegen, fast auf dem Land, noch dazu eingeschlossen in diesen Sicherheitstrakt für Tiere, fühlte sich Bodo wie auf dem Hochseil. Aber: Es musste ja sein. Er öffnete die Tür zum Empfang so heftig, dass sie fast aus den Angeln sprang. Die Frau hinter der Theke blickte erschrocken auf.

Wie jemand, der eine äußerst wertvolle Briefmarke aus einem Umschlag klaubt, nahm Bodo seine Minnie aus der Jacke. Die Beule verschwand. „Das ist Minnie."

Die Frau am Tresen zückte ein Formular. Es ging alles sehr schnell. Dann sagte sie: „Kommen Sie mit!"

Sie eilten durch lange hallende Gänge. Das Gebell der Hunde kam näher, wurde wütender. Minnie sträubte sich: „Wiahawiooooh!" Bodo drückte seine große Hand noch etwas fester auf das Katzenfell. Dann sah er die hundert anderen Putzies, Fleckies, Charlies, Mickies und Peterles, eng an eng hinter Gittern, und es drehte ihm fast das Herz um. ‚Mein Schätzlein, es hilft nichts. Auch wenn du gar nichts dafür kannst, hier musst du auf mich warten.' Und damit die Frau nicht sehen konnte, dass ihm die Tränen nur so herunterliefen, stellte er sich mit dem Rücken zu ihr, während sie die Klappe eines Käfigs öffnete. ‚In nicht mal drei Jahren komm ich wieder, meine Süße, um dich abzuholen. Aber dann bist du sicher schon lange nicht mehr hier. Sondern bei ganz anderen Menschen. Und wohnst in einem schönen Haus, mit einem großen Garten.'

Abrupt drehte er sich um. „Da!" Und er drückte sein Tier der Frau in die Hand. Dann ging, nein, rannte er zum Ausgang, stieg durch die immer noch offene Wagentür ein und schrie dem Mann am Lenkrad zu: „Fahren Sie los!"

Es war eine lange stumme Fahrt. Bodo ging, wie schon hundert Mal, die Sache, die verdammte Sache durch den Kopf: ‚Hätte der Wachmann nicht plötzlich das Tor geöffnet und einen Schritt auf mich zu gemacht ...'

Genau vor der Gefängnispforte stoppte der Wagen. Schwerfällig stieg Bodo aus, schritt darauf zu, blieb einen Augenblick in der geöffneten Tür stehen, machte dann den einen Schritt von draußen nach drinnen und verschwand für zwei Jahre, neun Monate — diesmal wegen schwerer Körperverletzung in Tateinheit mit bewaffnetem Raubüberfall. Das Tor schloss sich hinter ihm mit einem saftigen Schmatzen.

Die kleine Katze Minnie passierte drei Wochen später ihre Schicksalspforte noch einmal. Zwar noch hinter den Gittern eines Katzenkorbs, aber, ohne dies schon zu ahnen, auf dem Weg in die Freiheit. In ein recht schmales Haus mit einem sehr kleinen Garten, aber in die Freiheit.

Lilli

Kater Charly stellt sich vor

Im Chiemgau, und zwar bei Donnergetöse,
bin ich geboren; ich weiß nicht mehr, wo.
Die Bäu'rin war lieb, der Bauer war böse.
Wir waren vier Kleine. Mich nannten sie ,Floh'.

Dann kam eine Dame, die nahm mich mit.
Ade, Brüder, Schwestern und großer Hund Fips!
Ich hieß nun statt Floh ,Pinocchio' — igitt!
Und kriegte beim Fernsehn Kartoffelchips.

Man sagt, mein Opa — Gott hab ihn selig! —
war Kater noch auf 'ner richtigen Alm.
Die Oma wohnte hingegen recht mehlig
in einer Mühle. Ich sing' einen Psalm!

Mein Paps war — laut Mami — ganz bodenständig:
Er lebte, nun ja, auf der untersten Sprosse.
Hat Gift gefressen, ist nicht mehr lebendig.
So kommt's, wenn man lebt vom Unrat der Gosse!

Die Mami ist eine sanfte Beauty,
schwarzgrau getigert, bräunlich gefärbt.
Nicht jeder Kater hat so eine Mutti!
Ihr Fell und ihr Wesen hat sie mir vererbt.

Von ihr hab ich alles mitbekommen:
Betragen und Jagen und etwas Grips …
Doch zurück zu der Frau, die mich mitgenommen
in eine Welt voll Kartoffelchips:

Sie hatte zwar Fernsehn, aber kein Herz.
Sie war nicht glücklich, ein Mensch wie aus Holz.
Ich war nicht ihr Schatz, wohl eher ein Scherz.
Sie gab mich ins Tierheim, zu Herrn und Frau Scholz.

Denn kam ihr Freund, war ich völlig verwandelt:
verkroch mich panisch, und zwar jedes Mal.
Das lag an dem Bauern, der bös mich behandelt.
Seitdem hab ich Angst, jeder Mann sei brutal.

Im Heim hieß ich Carlos. Aber nicht lange.
Dann kamen Leute, die mich erlösten.
Ich schnurrte erst froh, dann piepste ich bange,
doch hatten sie Susi, die wollte mich trösten:

War bräunlich getigert, doch heller als ich.
Die lief vor ein Auto — fürchterlich!
Ich übrigens auch um ein Schnurrbarthaar!
Meine Menschen machten mich schnell wieder ‚klar‘.

Wer hätt' mir das in der Wiege gesungen?
Ich lebe in einem Haus am See,
mit Kater Lukas, dem netten Jungen,
und Katze Fleckie — und Käse zum Tee!

So Katzentiere wie ich sind Legion.
Bin nicht mal zwei Jahr, hatt' vier Namen schon!
Doch jetzt will ich schließen. Denn jetzt bin ich froh.

Euer Charly, Carlos, Pinocchio und Floh.

Charly

Kommissar Ulysses

Der Hoteldetektiv, Signor Berutti, trat ehrfürchtig vor seine Chefin, die er allerdings nie so vulgär bezeichnet hätte. Sie war für ihn die tief verehrte Prinzipalin des weltberühmten Luxushotels am Canale Grande. Das Haus befand sich seit sieben Generationen im Eigentum der Familie Daponte. Signora Daponte blickte kaum auf und wies auch auf keinen der roten Samtsessel. Schief verneigte sich Berutti mit dem Ausdruck eines untröstlichen Menschen, der in das Büro der großen Dame einzudringen nicht umhin konnte, und gleich ein zweites Mal verneigte er sich, wenn auch etwas knapper, vor dem riesigen Kartäuserkater auf dem Schreibtisch der Signora, vor Ulysses.

Ein wahrer Fünf-Sterne-Kater war dieser Ulysses von Herkunft und Wesen, also durchaus standesgemäß. Er hatte es nach dem Ableben des lieben Gatten Daponte bei seiner Witwe zum ständigen Begleiter und Gesellschafter in allen Lebenslagen gebracht. Deshalb war es dem edlen Tier, das die Grandezza eines italienischen Grafen, die Manieren eines britischen Kolonialoffiziers und die Schönheit eines französischen Filmstars besaß, auch erlaubt, in den Stunden, da die Signora sich nicht in ihre Privatgemächer zurückziehen konnte, die Gesellschaftsräume der Nobelherberge — von den vielen Stammgästen wie selbstverständlich toleriert, von den anderen bestaunt — majestätisch zu durchstreifen, sich auf der Terrasse am Canale zu sonnen, in der Bar sein Mittagsschläfchen zu halten und abends auf einem Sims in der pompösen Halle zu thronen, als wäre er hier der Alleinherrscher. Nur der Speisesaal und die Küche waren für Ulysses tabu; das hatte er von Kindheit an gelernt, das heißt vor über zwölf Jahren, als der Verirrte der Signora zugelaufen war.

Berutti, der Hausdetektiv, ergriff auf einen fragenden Blick der Signora hin das Wort: „Wir haben ein Problem, gnädige Frau, für das ich persönlich keine Erklärung finde; aber auch das gesamte Personal bis hinauf zum Herrn Direktor steht vor einem Rätsel. Es begann vor einigen Wochen, als sich Lady Ashcroft — ein langjähriger Stammgast, wie Sie wissen — beim Zimmerservice beschwerte, und zwar, pardon, mit den Worten: ‚In meiner Suite stinkt es!' Man eilte hinzu, und tatsächlich: Ein unangenehmer Geruch war nicht zu verkennen. Und das, obwohl man die Balkontüren geschlossen fand und die Lady gerade erst von einem Ausflug zum Lido zurückgekehrt war. Nun, man lüftete gründlich und versprach, der Sache unverzüglich auf den Grund zu gehen. Doch das Vorkommnis wiederholte sich fast täglich. Und wir mussten den hochgeschätzten Gast in eine andere Suite verlegen, noch dazu auf die Rückseite des Hauses, was die Lady ‚höchst bedauerlich' fand. Es folgten kurz darauf mehrere ähnliche Beschwerden aus unterschiedlichen Teilen und Etagen des Hauses. Und immer ging es um diesen penetranten, süßlichen Geruch, der die Gäste belästigte. Immer waren die Gäste außer Haus gewesen. Und immer fand man die

Balkontüren fest verschlossen." Harsch unterbrach die Signora die weitschweifige Rede des kleinen Angestellten, und ebenso harsch traf ihn ein Blick aus den misstrauischen Augen des Katers Ulysses. „Was haben Sie unternommen?"

Mit großer Geste setzte Berutti zu einer rechtfertigenden Auskunft an: „Wir überprüften die Klimaanlage, die Wasserhähne und -abflüsse in den Bädern, die Wasch- und Pflegemittel, das Reinigungsmaterial für die Böden, das Teppich-Schampoo und das Spray zur Auffrischung der Seidentapeten, doch konnten wir keine Ausdünstung feststellen, die dem störenden Geruch auch nur nahekam."

Wieder dieser kurze Blick der Signora — und der noch kürzere des Katers. „Was sagt mein Hoteldirektor dazu?"

„Er schlägt vor, Signor Borsa einzuschalten, einen sehr guten Bekannten, einen erfahrenen Kriminalisten, der letztes Jahr pensioniert wurde. Ein alter Fuchs, wie der Herr Direktor sagt."

„Gut." Damit war das Gespräch beendet. Der Kater gähnte ungeniert, ohne die Pfote vor das Maul zu halten, und Berutti trat ab.

***

Der Hoteldirektor, Dottore Alessio, und sein Freund Borsa saßen bei einer sehr guten Flasche Chianti, der immerhin fast halb so alt war wie die beiden Herren, in einem separaten Stübchen hinter der Bar. „Ich habe die Gästelisten, die Sie mir gaben, lieber Dottore, durchgesehen, und mir fiel etwas auf: Die verpesteten Suiten waren meist von Ehepaaren belegt, in zwei Fällen von einzelnen Damen, aber nie von männlichen Gästen allein."

„Was schließen Sie daraus?"

„Vorerst nichts."

Man trank. — „Gab es in der fraglichen Zeit Neueinstellungen beim Zimmerpersonal?"

„Gute Frage, Borsa, werde ich überprüfen lassen." Borsa kratzte sich nachdenklich am spärlichen Haaransatz. „Wir sind einem Geruch auf der Spur — nein, das ist das falsche Wort, weil ein Geruch eben keine Spur hinterlässt. Und wir wissen nicht einmal, wie und wonach dieser leichte Gestank riecht. Ein paar Dutzend Gäste haben damit Kontakt gehabt und noch viel mehr Leute vom Personal. Und das Ergebnis? Keine brauchbare Beschreibung! ‚Süßlich', sagen manche, ‚scharf und alkoholisch' heißt es bei andern. Eine griechische Reedertochter äußerte, es röche nach verfaulendem Obst, und der Gatte einer deutschen Millionärin tippte auf billigen Fusel — keine Ahnung, woher der so einen Geruch kennt."

Man trank. — „Lieber Borsa, was halten Sie davon, Hunde einzusetzen, Spürhunde, die entsprechend abgerichtet sind?"

„Abgerichtet sind die auf Drogen, auf bestimmte Lebensmittel, auf Sprengstoff, aber nicht auf unser unbeschreibbares ‚Parfüm'. Trotzdem: Wir können es versuchen. Ich werde mit einem Bekannten sprechen, der die Hundestaffel der Polizei trainiert. Prost, Alessio, gute Idee — und sehr guter Wein."

Inzwischen eskalierten die Beschwerden der Gäste. Das Hotel sei ‚verseucht' schnaubte eine spanische Flamenco-Diva, die im ungeliebten Venedig gastieren musste. Und gar von Leichengeruch sprach eine Hollywood-Schöne auf Hochzeitsreise. Sogar zwei vorzeitige Abreisen kamen vor — so etwas hatte es in diesem Haus noch nicht gegeben.

Auch von den schnüffelnden, witternden Polizeihunden wurde keine konkrete raumbezogene Quelle des Odeurs ausgemacht. Folglich musste — so schloss der Kriminalist Borsa messerscharf — etwas oder jemand von außen in die betroffenen Suiten eindringen und die Zimmerluft mit dem üblen Geruch versetzen. Aber was oder wer? Und vor allem: warum? Nie war etwas gestohlen oder auch nur verändert worden. In dieser Beziehung waren die Aussagen der Gäste einhellig. Hatte es der Eindringling, falls es ihn gab, einfach darauf abgesehen, dem hochrenommierten Haus zu schaden?

Ein Betreten des Hotels über die Außenwände schloss Borsa so gut wie aus. Die immer etwas feuchten Wände auf der Wasserseite wären selbst für Weltmeister der Fassadenkletterei kaum zu überwinden gewesen. Die Hotelrückseite hatte viele, jedoch extrem schmale, schießscharteähnliche Fenster, nur winzige Simse und keine Balkone.

Folglich befand sich der Feind, der ‚Geruchsterrorist', offenbar im Haus. Wie aber war es diesem theoretischen Übeltäter möglich, die hochmoderne Schloss-Technologie der Raumtüren ohne jede Spur von Gewalt zu überwinden? Die Zeit der Dietriche und Nachschlüssel war schließlich lange vorbei!

Berutti, der Hausdetektiv rief eines Tages in seiner etwas pathetischen Art: „Es schmerzt mich, dies zu sagen: Doch es muss jemand vom Personal sein!" Borsa sekundierte: „Ich wüsste eine Methode, die Türen der Suiten so zu präparieren, dass man erkennen kann, ob sie während der Abwesenheit des Gastes unerlaubt geöffnet wurden. Das sollten wir mal probieren." Alessio, der Direktor, hatte Bedenken. „Sobald der Gast wieder ins Haus kommt, jedoch bevor er sein Zimmer betreten will, müsste diese Sicherung also jedes Mal überprüft werden — wie stellen Sie sich das vor?"

„Ganz einfach: Sie geben der Rezeption entsprechende Order und stellen einen Pagen dafür ab." So wurde es gemacht.

Von diesem Tag an blieben die Suiten verschont. Doch das Übel verlagerte sich auf die Superior-zimmer im Seitentrakt und in den unteren Etagen. „Aha", rief Borsa begeistert, „das zeigt: Ein Insider ist am Werk." In den kleineren Wohneinheiten nahm sich der süßlich-scharfe Fusel- und Leichengeruch übrigens noch deutlich penetranter aus als in den sehr geräumigen Zwei-Zimmer-Suiten. Das brachte den Kriminalisten auf eine neue Idee: nämlich, einen Bekannten, einen Parfümeur, um Rat zu fragen, der für ein Weltunternehmen der Kosmetikbranche arbeitete. Der kam, sah und sagte — indem er sich die empfindliche Nase zuhielt: „Valeriana officinalis."

***

Die Signora Daponte erkundigte sich angelegentlich nach dem Stand der Ermittlungen. Als sie die Expertise erfuhr, zog sie ihrem Ulysses eine rote Leine an — er war sehr beleidigt deswegen! — und inspizierte mit dem Kater ihr ganzes Hotel. In den zuletzt vom Übelduft befallenen zwei Zimmern spielte das Tier verrückt, wälzte sich, schrie laut, hatte Wahnsinn im Blick.

„Es stimmt also", jubelte Borsa, „des Rätsels Lösung heißt schlicht und einfach: Baldrian."

Dottore Alessio warf ein, dass man damit ja noch nicht den Verursacher kenne, um den es doch wohl eigentlich ging. In diesem Augenblick schwenkte die Signora mit dem rot angeleinten Ulysses in den Speisesaal ein — für den Kater die Premiere seines Lebens! Sogleich sprang er dort einen jungen Mann an, der gerade ein Tablett mit Gläsern balancierte, schlang seine Pfoten um dessen Beine, ließ einen lang gezogenen Schrei hören, irgendetwas zwischen Klage- und Glücksgesang, und schleckte selig die freie Hand des Ertappten ab. Der Kerl hieß Luca Freschi, ein Aushilfskellner fürs Restaurant. Der gestand sofort: „Ja, ich war in den Suiten und Zimmern."

Man führte ihn in die Bibliothek, die um diese Tageszeit menschenleer war. Der Bursche entpuppte sich als hypernervöser und überaus redseliger Mensch. Er sprach mit rudernden Armen und flackernden Blicken, so, als hätte er schon lange das Bedürfnis gehabt sich zu offenbaren, oder weil er sich einfach gern produzierte. „Eigentlich bin ich

Schriftsteller, und zwar einer von der realistischen, sogar naturalistischen Stilrichtung. Gerade arbeite ich an einem Roman, besser gesagt: an einer längeren Erzählung. Die Story spielt in ebendiesem Hotel. Darum musste ich so viele Räumlichkeiten wie möglich persönlich kennenlernen; ich wollte sie ja absolut authentisch beschreiben. Na, und so ließ ich mich als Aushilfe anheuern und begann sofort mit meinen Recherchen."

Dottore Alessio unterbrach ihn: „Wie kamen Sie in die Räume der Gäste?" Er saß unmittelbar neben dem Übeltäter und stellte fest, dass dessen Kleidung, wohl auch seine Haut und sein Haar, den bewussten Duft ausströmten, wenn auch für menschliche Nasen nur aus der Nähe wahrnehmbar. Ulysses räkelte sich lang gestreckt und ziemlich schamlos auf dem Schoß des Fremden.

„Das war ganz einfach mit diesen elektronischen Chipkarten", und er streichelte den flauschigen Bauch des Katers. „Der Nachtportier rauchte ab und zu draußen eine Zigarette, und in dieser Zeit habe ich mir eben an der Rezeption Duplikate gemacht." Berutti schäumte innerlich. „So weit, so schlecht! Aber was hat es mit diesem widerlichen Geruch auf sich?"

„Wie? Mit welchem Geruch?", fragte Luca Freschi.

„Baldrian", schrie der Dottore, „Sie haben unser Haus mit Baldriangestank verpestet!"

„Ach so, mein Baldrian. Sie finden den Geruch unangenehm? Ich mag ihn. Und weil ich leicht ein wenig aufgeregt bin, habe ich stets" — er zog ein

bräunliches Medizinfläschchen aus der Tasche —
„einen kleinen Flakon mit Baldriandispert bei mir."
Die Öffnung mit der kleinen Pumpe hielt er Ulysses
hin. „Sehen Sie, bei Düften sind die Geschmäcker
verschieden. Der Hauskater mag ihn auch!"

Borsa fuhr auf: „Was Sie privat mögen, ist Ihre
Sache. Aber hier haben Sie sich des x-fachen
Hausfriedensbruchs und der schweren Geschäfts-
schädigung schuldig gemacht! Eins der führenden
Hotels der Welt haben Sie bei seinen Gästen in
schlechten Ruch gebracht — buchstäblich!"

„Um Himmels willen! Es lag mit fern,
irgendjemand zu schaden. Ich habe auch nie etwas
angerührt oder gar mitgenommen. Allerdings war
ich immer sehr erregt, wenn ich so eine fremde
Luxussuite betrat, geradezu panisch. Und da habe ich
eben fleißig mein Sprühfläschchen betätigt. Sobald
ich den Baldriannebel einatme, wissen Sie, werde ich
ruhiger. Ich bin, glaube ich, inzwischen so an diesen
Geruch gewöhnt, dass ich ihn kaum noch
wahrnehme. Wenn ich geahnt hätte, dass diese
Duftnote andere Menschen belästigend finden …" Er
brach ab.

Scharf fragte Signora Daponte, die höchst
indigniert ihren treulosen Kater anstarrte: „Was wird
das eigentlich für eine Geschichte, die Sie schreiben
wollen, ausgerechnet über mein Haus?" Dankbar für
ihr Interesse verkündete Luca Freschi: „Ein Psycho-
krimi — absolut realistisch! Der Held ist ein
gefährlicher, leider aber hypernervöser Serienmörder,
der nur unter Einfluss von Baldrian ruhig arbeiten
kann. Und die Pointe: Er wird — genau wie ich —

von diesem grandiosen Kater entlarvt. Darum heißt mein Buch ‚Kommissar Ulysses'."

Androhung schwerster Repressalien, sofortiger Rauswurf, strengstes Hausverbot!

Eine Erzählung mit obigem Titel ist nie erschienen.

Amor und Psyche

Die Namen der Katzen
(frei nach T. S. Eliot)

Die Namen der Katzen: Das Thema (ich sag euch!)
ist gar nicht so einfach, ich kann es beschwören.
Denkt nicht, ich spinne! Doch wisst ihr (ich frag euch)
dass dreierlei Namen zur Katze gehören?

Den Rufnamen findet die Menschenfamilie
meist schnell — etwa Murr oder Pussicat auch.
Minou oder Peter — nein, nicht Petersilie!
Nur gängige Namen zum Hausgebrauch.

Ja, wohnen sie in gehobnerer Lage,
so schallt es: „Ariadne, Virgil, kommt nach Ha-us!"
Auch das sind noch Namen für alle Tage,
selbst Caesar, Penelope und Menela-us ...

Jedoch: Damit sich ihr Wesen entwickelt,
bedarf's eines Namens ganz anderer Art.
Kaum hört sie den — wie ihr Schwanz perpendikelt!
Die Ohren erbeben, das Hälschen streckt sich,
das Schnäuzchen schleckt sich,
es stellt sich der Bart!

Sehr zärtliche Namen sind's, Liebesbeweise,
wie Mäuseblitz, Katzanzakis, Weißlätzchen,
Pfotemkin, Schleicheweich, Schnurreleise,
mein Hupfelchen, Tupfelchen, Schlabberschätzchen,
du Samtfuß, Saftsäckchen, Silberfee,
mein Kratzbürstchen, Schmeichelchen e-t-c.

Der dritte Name dient tieferen Zwecken.
O Katzenfreund, hör, was ein Katzenfreund spricht:
Kein Mensch kann diesen Namen entdecken.
Die Katze nur kennt ihn. Und sagt ihn uns nicht.

Doch siehst du 'ne Katze, ganz unbewegt,
so dass kein Muskel, kein Härchen sich regt,
dann stör sie nicht! Denn sie denkt, überlegt
den Sinn des Namens, durch den sie geprägt,
des wichtigen, einzig richtigen,
verbindlichen, unerfindlichen,
geheimen Namens, den sie allein trägt.

Dino

Von Miezen und Menschen

Ich fuhr ins Tierheim, aus traurigem Anlass. Unser Methusalem-Kater war in die ewigen Mäusegründe eingegangen. Und nun wollten wir einem geplagten Artgenossen die Chance seines Lebens geben. Die Zustände im Tierheim stimmten mich nicht fröhlicher: Zurzeit vierundsechzig Katzen in winzigen Abteilen und viel zu engen Freilaufgehegen; keine Privilegierten ihrer Spezies.

Ein Lichtblick fürs mitleidige Menschenherz: Fast ausnahmslos zeigten diese armen Katzen liebe Gesichter, zutrauliche Mienen, trotz ihres Elends. Auch wenn das Fell da und dort struppig war oder ein Augenpaar tränte, die Körper hatten ihre natürliche Anmut bewahrt, waren, trotz allem, ‚katzenhaft' graziös geblieben und voll Charme, selbst dann, wenn ein Beinchen hinkte.

Ich fuhr dennoch ohne gute Tat heim — konnte mich einfach nicht entscheiden, welchen von zwei besonders süßen Katern ich seinem zweifelhaften Schicksal überlassen sollte. Auf der Heimfahrt fragte ich mich, warum ich dort im Tierheim trotz wunder Seele so oft hatte lächeln müssen. Derweil betrachtete ich die Leute in der S-Bahn, müde Pendler, erschöpfte Ausflügler, gestresste Mütter. Sie blickten stumpf vor sich hin, mit grauen Gesichtern, streckten plumpe Körper und Gliedmaßen aus, und wo ein bisschen Hübschheit zu ahnen war, hatten Mode und Makeup sie gründlich ruiniert.

Auch diese Wesen waren freilich keine Privilegierten ihrer Spezies, eher die nicht so Erfolgreichen, weniger Hoffnungsvollen der menschlichen Gesellschaft. Doch das Gefühl von Staunen und Rührung, das mich bei den Katzen beschlichen hatte und immer wieder liebevoll lächeln ließ, stellte sich hier nicht ein. Hier gab es nichts zu staunen über den Liebreiz von Gesichtern, die rührende Anmut von Bewegungen, die Grazie geschundener Körper. Und ich saß wahrscheinlich genauso grau da wie alle anderen.

Freudig begrüßten mich daheim unsere feliden Hausgenossen — neun, sieben, vier und anderthalb Jahre alt. Welch ein Trost, so ein wunderweiches Katzenfell! Egal, ob's der siebenjährige „Pongo" war, die vierjährige „Fleckie", der Katzen-Benjamin „Blubb" oder der Senior „Karate" — ihr Fell war einfach Balsam für die Nerven. Nicht nur für die Enden der menschlichen Tastsinne, nein, auch die Knotenpunkte meiner Seele erholten sich spürbar durch die taktile Therapie des Streichelns, Kraulens und Knuddelns.

Meine Frau hatte heute ein paar Nachbarinnen eingeladen, inklusive ihrer Männer, aber die fielen kaum auf. Die Damen hingegen begannen sofort, gesprächsweise ihr Leben aufzuarbeiten, ihre Ehe, ihre Krankheiten, die Sorgen mit den Kindern ... Bei den Herren im Nebenraum ging's eher bündig um Sport, Politik und Frauen (allerdings nicht die eigenen).

Ich saß dabei, eher daneben, sogar neben mir. Und das Nebenmir sinnierte: Was für ein Glück, dass Katzen nie dummes Zeug reden! Aber nicht nur, weil sie keine Sprache haben. Selbst wenn sie parlieren könnten wie die Kleinschmidts von gegenüber, quölle einfach nicht so viel Blödsinn aus ihrem Maul. Warum ich mir da ganz sicher bin? Na ja, Dummschwätzen ist ja nicht angeboren. Sondern die Folge von mangelnder Bildung, gestörter Selbsterkenntnis, missverstandenen Erfahrungen, verlottertem Geist.

Katzen haben keine Bildung, keine Selbsterkenntnis, keinen reflektierenden Verstand und schon gar nicht Geist. Darum machen sie keine Erfindungen, schreiben sie keine Romane, führen sie keine Kriege. Was sie im Leben können müssen, wird ihnen großenteils in die Wiege gelegt, und den Rest erfahren sie schon im zarten Babyalter von ihrer Mami.

Vielleicht spüren wir wegen ihres Mangels an Geist so deutlich die Seele der Katzen! Jedenfalls sind Klugheit und Dummheit — im menschlichen Sinne des Wortes — keine tierischen Kriterien. Und folglich können Katzen unmöglich solchen Schwachsinn von sich geben wie die Kleinschmidts.

Unsere „Fleckie", inzwischen vier Jahre jung, haben wir auch aus dem Tierheim. Sie ist eine sogenannte Glückskatze: weiß, schwarzbraun und rötlich. Von wegen Glück! Nur Pech hat sie in ihrem kurzen Leben gehabt, ehe sie bei uns gelandet ist. Einmal ausgesetzt, zweimal vermittelt, zweimal wieder ins Tierheim abgeschoben, den gefährlichen

Katzenschnupfen durchgestanden, und, last, but not least, ein halbes Jahr Zwingerelend.

Wäre sie ein Mensch, hätte man sicher Verständnis dafür, dass sie nun endlich auch mal auf ihre Kosten kommen, so richtig absahnen möchte, andere zu deckeln versuchte und auch ein bisschen Rache üben wollte für das, was man ihr angetan hat. Nichts davon bei Fleckie! Obwohl ihr Leben wahrlich kein Mäuseschlecken war, blieb ihr Charakter ohne Falsch. Schaut man ihr ins grüne Katzenauge — ein Abgrund an Naivität.

Nun, da ist unser Liebling allerdings keine Ausnahme. Für Niedertracht und Gemeinheit hat das Katzengehirn wohl einfach nicht genug Platz; was für ein Glück! Intrigen zu spinnen, Winkelzüge zu planen, Fallen zu stellen, dafür reicht der Katzenverstand schlicht nicht aus.

Kater „Bongo" empfindet panische Angst vor unserem Rasenmäher, trotz seiner siebenjährigen Lebenserfahrung. Immer wieder sagen wir ihm, dass er sich davor nicht fürchten muss, weil doch sein Herrchen das grässliche Ungetüm steuert. Nun ja, vergebens. Doch warum hat Bongo eigentliche keine Angst vor mir? Ich bin schließlich noch größer als der Mäher und mache auch laute Geräusche: grelles Lachen, wilde Rufe, brüllendes Niesen, Radiokrach, Fernsehlärm. Natürlich tu ich dem Bongo nichts, aber auch die Mähmaschine hat ihm noch nie etwas angetan.

Wie würden wir reagieren vor einem Riesen, der fünfmal so groß ist wie wir selbst und uns mit einem einzigen Fußtritt oder Handkantenschlag auslöschen könnte? Selbst wenn dies Untier uns täglich eine Hühnerkeule und ein Pils servierte, wir würden uns lieber sonst wo verkriechen als auch noch vor ihm zu schnurren!

Ja, Menschen sind misstrauisch; sie wissen, warum. Hauskatzen dagegen bleiben, meist ihr ganzes Leben lang, zutraulich, geradezu vertrauensselig, selbst dann, wenn ihre Erfahrungen alles andere als ermutigend waren. Sie lassen sich von uns lärmenden, kraftstrotzenden Riesenkerlen hochheben und herumtragen, kuscheln sich in unsere Arme, schmiegen sich um unseren Nacken, an unsere Seite und drehen uns sogar ihren empfindlichen Bauch zu — ohne Arg, ohne Misstrauen. Wie kommt das? Dahinter steckt, glaube ich, ein simpler ‚Gedanke': Wer mich nährt, pflegt und verwöhnt, der ist auf jeden Fall mein Freund. Wer mir so viel Gutes tut, kann nicht böse sein.

Nur: Vertrauen verpflichtet! Und so viel Vertrauen entwaffnet geradezu. Vielleicht sind selbst Menschen, die ihresgleichen grob und gewalttätig begegnen, deshalb zu ihren Vierbeinern oft sanft wie die Engel. (Allerdings darf man daraus nicht folgern, dass sie vertrauensseligen Menschen gegenüber ebenfalls plötzlich zu Lämmern werden.)

Heut hab ich Muße, unseren Katzen zuzuschauen bei ihrem Tagewerk. Doch da gibt es nicht all zuviel Aufregendes. Diese Feststellung ist freilich höchst ungerecht. Denn sie misst den Alltag der Katzen an dem der Menschen. Oh, was haben wir Zweibeiner vergleichsweise doch für ein aufgeregtes Leben: Sechzig Minuten Morgentoilette, zwei bis fünf

Stunden für Einkaufen, Kochen, Essen, Trinken, Abwaschen, acht bis zwölf Stunden Berufsstress und -frust, eine bis drei Stunden ‚Fahrvergnügen', zwei bis vier Stunden Ärger über das Fernsehprogramm, die Nachbarn und die Politik, und schließlich fünf Minuten Zähneputzen, ehe wir erschöpft ins Bett fallen. (Wo bleiben hier die Börsenkurse, der Steuerberater, das Homebanking, der Sex?)

Für Katzen sieht der Alltag ganz anders aus: Morgens zweimal strecken, zehn Minuten Kittekat, ein Viertelstündchen ‚Zungentoilette' (ohne Wasser, Seife, Handtuch, Rasierer, Kosmetik, Fön und und und), sechs Stunden Schmetterlinge jagen respektive Mäuse, fünf Stunden Nickerchen halten, zwei Stunden mit den Menschen spielen und schmusen, ebenso lange gründliche Fellpflege, abends ein leckeres Rinderhack, großes Gähnen und — ab ins Körbchen.

Müssen wir da nicht neidisch oder wenigstens nachdenklich werden, wir mit unserem Ehrgeiz, unseren Zielen, unseren Beziehungen (Doppelsinn!) und mit unserer ständigen Angst zu scheitern ...

In den Cat-Storys von T. S. Eliot heißt es einmal: „Eine Katze ist kein Hund". Wie wahr! Dem Menschen untertan sein mit hängender Zunge, das gibt es nicht bei Katzen. Sie haben einen wunderbaren Stolz, eine unbezwingbare Eigenständigkeit. In einem einzigen Augenblick mutieren sie vom Schmusetier zum Stromer. Phasen rätselhafter Gleichgültigkeit wechseln unvorhersehbar ab mit Anfällen stürmischer Hingabe. Sind Katzen etwa gespaltene Wesen? So ist es! Unsere schnurrenden

Bettgenossen betrachten ‚ihre' Menschen als übergroße Katzenmamis, die aus unversiegbaren Futtervorräten schöpfen und sie, die ewigen Katzenkinder, lebenslang bemuttern, ihnen helfen bei Krankheiten oder blutigen Kampfesfolgen. O ja, neben dem lieben Baby steckt ein gewaltiger Krieger und Jäger in ihnen. Und kaum sind sie außer Sichtweite der menschlichen Pflegeeltern, fühlen sie sich sofort in freier Wildbahn, wird ihr erwachsenes Leben zum Kampf um Rang, Sex und Beute. In der stark angeknabberten Maus, die unser Muschilein voller Jägerstolz auf dem Perserteppich platziert, symbolisiert sich diese scheinbare Schizophrenie: Das kleine Raubtier opfert seine Trophäe — fast zur Hälfte! — für uns, seine Versorger. Wir sollten ihm gewiss nicht zeigen, wie entsetzt wir darüber sind. Sondern daran denken, dass dies mit Dressur, wie beim Hund, nichts zu tun hat. Es ist reine ‚Kinderliebe'.

Bei meinem nächsten Besuch im Tierheim lernte ich ein typisch kätzisches Doppelwesen kennen. Ich nannte sie vorläufig ganz spontan ‚Mizzi', die zweijährige Schwarze mit weißem Latz und weißen Stiefelchen. Und mit Augen wie Jade.
Wir verstanden uns auf Anhieb. Beim Menschen würde man sagen: Sie hat Charisma. Wäre sie eine Frau, könnte man nur staunen, wie sie mit ihren Reizen kokettiert. Sie muss eine starke Persönlichkeit sein, um so hemmungslos die Schwache zu spielen. Sie kringelte sich vor Vergnügen, wenn ich sie streichelte — außer am Bauch: da gab's ein kleines Brummen. Und in der nächsten Sekunde sprang sie

dann — und wie! — hinter einem Falter her. Ich war, so schien es, minutenlang vergessen; da half kein Rufen und Locken.

Eigensinn im Wechsel mit Zärtlichkeit, das ist nach Menschenverständnis ein ganz ideales Liebesritual. Kurz: Ich nahm Mizzi ohne den Schatten eines Zögerns in meine Arme und mit heim. Nun ist unsere Fünferbande wieder komplett.

Warum lieben wir Wesen, die an Sesseln kratzen, an Gardinen hochklettern, blinde Maulwürfe fangen, hilflose Vögel fressen, auf befremdliche Weise kämpfen und kopulieren? Sicher nicht, weil sie so tierisch sind. Sondern weil sie so menschlich sein können — genauer gesagt: so wie wir gern wären.

Charly und Fleckie

Die lieben Hauskatzen

Die Katzen, die lieben Hauskatzen,
sind unerhört verschieden.
Rabaukige Katz- und Maus-Katzen —
oder ein Bild voll Frieden.

Ihr Körper kann zart, kann stark sein.
Lieb sind sie. Und verschlossen.
Sie können total autark sein.
Und süße Spielgenossen.

Doch stimmt auch, dass unsre ‚Maus-Fallen'
andrerseits sich sehr gleichen.
Zerkratzen mit den Rein-Raus-Krallen
alles, was sie erreichen!

Wobei sie nie Böses im Sinn haben,
sie wollen nur tollen und spielen.
Und vieles, dem wir einen Sinn gaben,
tun sie aus reinsten Gefühlen.

Wohl keine weiß, dass sie SIE ist
und dass sie mal sterben wird.
Der Mensch weiß, auch wenn's kein Genie ist,
viel. — Wodurch er viel irrt:

Er zieht freiwillig in Weltkriege
und kämpft auch sonst bis aufs Messer,
damit er mehr Macht, mehr Geld kriege …
Die Katzen gefallen mir besser.

Lukas

Die Reisen des Herrn Ochtendang

(1) Ochtendang begegnet im Paradies dem Katzenglück

Darf ich Ihnen Herrn Albert Ochtendang vorstellen? Er ist fünfundfünfzig Jahre alt, etwas rundlich, aber sehr agil, hat einen Kranz grauer Haare auf seinem kugelförmigen Kopf, schnelle blaue Augen und eine überraschend helle Stimme. Von Beruf war er Lehrer an einer Realschule, Fächer Deutsch und Musik, bis er sich vor gut einem Jahr das bei Pädagogen so verbreitete Burn-Out-Syndrom zuzog und ohne Komplikationen frühpensioniert wurde. Er hatte nie geheiratet, sich nie zum ruhigen Familienmenschen entwickelt, sondern war immer neugierig geblieben und viel gereist in den langen Ferienzeiten, die sein Beruf ihm bescherte — ja, man kann sagen: Er hatte eine Menge von der Welt gesehen.

Vor wenigen Monaten war ihm jedoch schlagartig aufgegangen, dass er von der Kunst des Reisens keine Ahnung hatte! Jahrzehntelang war er vor seinen Urlauben immer wieder großen Erwartungen aufgesessen und mit einer ganz sinnlosen Wissbegierde an die Sache herangegangen. Er hatte sich zum routinierten, aber zunehmend frustrierten Touristen entwickelt, der faktisch blind von Reiseziel zu Reiseziel tappte.

Mitten im Winter kam die Postkarte eines befreundeten Ehepaares, die alles verändern sollte. Es war eine jener überdimensionierten

Hochglanzkarten, mit denen sich stolze Urlauber gern aus der Fremde melden. Die Freunde ließen ein paar Tage später sogar eine weitere Karte im Großformat folgen, was Ochtendang etwas protzig fand. Der Text auf den beiden Urlaubsgrüßen war trotz des reichlichen Platzes dürftig und konventionell. Aber die blitzblanken Maxifotos trafen ihn mitten ins reisefreudige Herz!

Offen gesagt, die Bildmotive waren eigentlich ganz das Übliche, nämlich genau das, wovon Fotografen annehmen, es werde den Betrachtern todsicher gefallen. Beide zeigten das Reiseziel — eine exotische Insel — mit zwei idealtypischen Ansichten, die innersten Urlaubswünschen genau entsprachen. Auf derlei sind Fotografen in Feriengebieten bestens trainiert. Und genau deshalb weckten die Bilder wie beim Pawlowschen Reflex in Ochtendang das unwiderstehliche Verlangen, auf diese exotische Insel zu reisen, und zwar genau in das angegebene Bungalowdorf, genau an diese liebliche Palmenbucht, genau in den abgebildeten Luxusbungalow direkt am goldenen Meeresstrand — und zwar sofort!

Ist das nicht seltsam? Menschen, die im Alltagsleben durchaus realistisch handeln, ja, nicht ohne Misstrauen durch die Welt gehen, entwickeln vor plakativen Palmenfotos, wenn sie gar noch einen Touch von Hawaii-Gemälden haben oder einen Stich ins Gauginhafte, eine kritiklose Begeisterung und kindlich-naive Hingabe. „D a a a muss ich hin“ — und schon erliegt man dem wohlgesteuerten Reiz. Freilich ist es doch so, dass man sich viel zu viel mit der Frage beschäftigt, wohin man reisen sollte, statt mit dem Problem, wie und wozu. Eigentlich macht es ja nur Sinn, sich auf kostspielige, zeitraubende und nicht immer bequeme Weise von zu Hause fortzubegeben, wenn man sich davon irgendwie eine Entfaltung, eine Bereicherung der Persönlichkeit versprechen kann. Aber das wusste Ochtendang nicht — noch nicht.

Natürlich war diesem ganz normalen Zeitgenossen völlig klar, dass vor dem Erreichen des Paradieses eine längere Flugreise durchzustehen sein würde. Auch erfuhr er, dass seine Traumanlage etwa zwei Stunden vom Flughafen der Insel entfernt lag. Aber man kann von der exotischen Fremde ja nicht erwarten, dass sie sich gleich um die Ecke befindet, nicht wahr?

‚Flugdauer neun Stunden' — ‚Transfer circa 120 Minuten' — dies liest sich im Prospekt so rasch dahin, dass sich wohl kein von Vorfreude befallener Urlauber klarmacht, was diese wenigen Wörter bedeuten: Nämlich eine mühselige Anfahrt zum Flughafen mit etwa fünfundzwanzig Kilo Gepäck, dort rund zwei Stunden Wartezeit plus wahrscheinlicher Verspätung der Maschine, Absolvierung von diversen Gepäck-, Pass- und Körperkontrollen, dann nach der Ankunft ähnliche Prozeduren, das Warten aufs Gepäck, das Warten auf den Transferbus — nicht selten summiert sich dies alles auf eine Zeitspanne, die länger ist als der eigentliche Flug über Meere und Kontinente.

Nach achtzehn Stunden war Ochtendang denn auch endlich am Ziel. Den Klimaschock beim Aussteigen hatte er mannhaft überstanden; er wusste ja schließlich, dass er in die Tropen reiste. Doch zwischen einer hübschen Temperaturtabelle und fünfundvierzig Grad im Schatten besteht ein wesentlicher Unterschied: Erstere betrachtet man kühl, die Hitze aber fühlt man in allen Poren. Und die Luftfeuchtigkeit erst recht! Zum Glück war der Transferbus gut gekühlt — nämlich auf etwa sechzehn Grad Celsius herabgefrostet! An die zitternden Passagiere verteilte man großzügig Wolldecken.

Wann würde sich das Paradies dem sehnsuchtsvoll geweiteten Auge endlich erschließen? Zunächst sah Ochtendang hinter dem Flughafengelände ein Ödland mit Dutzenden streunender Hunde, dann folgten zehn Großtankstellen an einer wenig asphaltierten Straße, etliche seit Langem stillliegende Kleingewerbebetriebe und schließlich die wellblechgedeckten Hütten der Menschen, die vielleicht in den armseligen Werkstätten einmal gearbeitet hatten. Nichts, aber auch gar nichts erinnerte an die beiden Postkartenmotive, die ihn hierher verführt hatten. Nun ja, so sinnierte Ochtendang, auf Gemälden von Gaugin sieht man natürlich keine Tankstellen, keine kaputten Geschäfte, keine Autowracks. Die Kunst verschweigt dem Betrachter, wie hässlich die Umgebung der Idylle gewöhnlich aussieht. Das Leben ist leider nicht so zartfühlend.

Allerdings hatte unser Realschullehrer a. D. genügend Reiseerfahrung, um von alldem nicht wirklich überrascht zu sein. Dass die Realität gegenüber der Idealisierung bitter enttäuscht, war er gewöhnt. Aber ein bisschen traurig stimmte es ihn schon.

Endlich bog der Bus mit ihm und seinen fünfundzwanzig Kilo Gepäck in die Auffahrt der Ferienanlage ein. Die ersten Palmen! Der Himmel blaute! Beim Aussteigen half das nahe Meeresrauschen über den neuerlichen Hitzeschock hinweg. Nach längeren Formalitäten an der Rezeption, deren Mitarbeiter dem hierzulande üblichen, klimabedingten Tempo huldigten, geleitete eine exotische Schöne Ochtendang zu dem Bungalow am Strand, ‚seinem' Traumdomizil wie auf der Postkarte. Zwar hatte man auf dem Foto die gigantische würfelförmige Klimaanlage nicht sehen können, die neben den bodentiefen Fenstertüren eingebaut war, aber so etwas brauchte man hier natürlich.

Das Girl mit dem Dauerlächeln öffnete die Vorhänge. Ah! Da waren sie, die drei Palmen zwischen Bungalow und Goldstrand, die sich höflich dem neuen Gast entgegenneigten — wirklich wie gemalt. Ein kleines Donnerwetter erschütterte die Luft: Das süße Kind hatte die Klimaanlage eingeschaltet. Ochtendang konnte noch nicht ahnen, wie oft er in den folgenden Tagen und Nächten diese Mischung aus krachendem Klacken, wuchtigem Rumpeln und weinendem Seufzen hören würde.

„Dinner at terrace", flötete das Mündchen der Kleinen, und nach einem eher flüchtigen Blick auf die liebliche Meeresbucht folgte er den einladenden Gesten des Püppchens, denn er merkte plötzlich, dass er einen Riesenhunger hatte.

Nach dem reichen, wirklich höchst exotischen Abendessen hatte sich rasant die tropische Nacht auf Strand und Bungalow gesenkt, und Ochtendang ging mit viel zu vollem Magen ins Bett — genauer in eines von zwei überbreiten Futons, auf denen sich die Kissen häuften und die ein gerade angereistes Pärchen sicher auf mancherlei Ideen gebracht hätten. Doch Ochtendang war leider allein, und er war müde, hundemüde. Er drehte sich zur Wand und fiel in Schlaf. Die automatische Klimaanlage sprang an: Rattattarumpeldiwüüih! Sehr früh am Morgen erwachte er davon, dass sie sich wieder ausschaltete.

Er ging ins Bad — fürstlicher Luxus mit Meerblick! Dann trat er auf seine Terrasse. Hatte er so schlecht geschlafen? Oder saß ihm der Jetlag in den Knochen? Na, das würde ja bald vorübergehen. Endlich fand er Muße, die Postkartenschönheit, die ihm zu Füßen lag, auf seine Seele wirken zu lassen. Leider quälte ihn immer noch ein gewisses Völlegefühl. Und im Hals spürte er ein verdächtiges Kratzen — diese maßlose Klimatisierung überall!

Es fiel ihm daher schwer, sich auf den so lange ersehnten paradiesischen Anblick zu konzentrieren. Er merkte plötzlich, dass da vor ihm nicht nur der Strand war, der makellose, dahinter das Meer, das grün schimmernde, dazwischen die höflich geneigte Palmengruppe, rechts und links die charmant geschwungene Linie der Bucht und über allem der tiefblaue Himmel, sondern dass auch er selbst zu diesem Arrangement gehörte — mit seinem überlasteten Darm, seinem angegriffenen Hals, seinen nach Hause abirrenden Gedanken an höchst banale Alltagsdinge. Zwar blickte er fast zehn Minuten lang pflichtschuldig auf das bezaubernde Panorama, horchte zerstreut auf das Rufen bunter Vögel, fand nicht das Geringste daran auszusetzen — und schluckte dann in seinem Luxusbad zwei einschlägige Tabletten. Die Stimmung im Paradies hängt eben nicht nur von dessen Schönheit ab, sondern auch von der eigenen Befindlichkeit. Das wird oft vergessen, bis gewisse Unpässlichkeiten deutlich daran erinnern.

Ochtendang schaute in den folgenden Tagen immer wieder auf die perfekte Idylle vor seiner Terrasse, allerdings selten länger als eine oder zwei Minuten. Dann drängte sich etwas anderes in sein Bewusstsein. Freilich, die verführerischen Postkarten hatte er auch nicht länger betrachtet, und trotzdem war es ihm vorgekommen, als hinge sein Glück davon ab, diese Landschaft in natura zu sehen. Es ist vielleicht so, dass wir uns das Glück als eine gleich bleibende Empfindung über einen langen Zeitraum vorstellen. Warum eigentlich? Ochtendang musste einsehen, dass es meist nur Minuten währt, in diesem Fall, alles in allem, nicht mal eine Stunde während des ganzen Aufenthaltes! Und dafür hatte er achtzehn Stunden Anreise erduldet und weitere achtzehn Stunden Rückreise vor sich!

Er unternahm einen Streifzug durch das märchenhaft angelegte Feriendorf. Aber da war etwas, das dieses blumenreiche Bild störte, fast zerstörte: die Horde der anderen Gäste. Viele davon kamen aus Ochtendangs Heimatland: Gutturale Kohlenpottrufe flogen lauthals von Tisch zu Tisch, allerlei Leipziger ließen ihren sächsischen Singsang von Sonnenschirm zu Sonnenschirm erschallen. Käseweiße Bierbäuche, rotlodernde Rückenpartien, oberteilfreie Milchdrüsen, schlackernde Shorts, blauädrige Oberschenkel — warum genierten sich diese Menschen nicht in ihrer bedenkenlosen Minimal-Bekleidung? Und warum schämte sich ausgerechnet Ochtendang für sie — er, der sich die ganze Zeit um dezentes Auftreten bemühte, immer stiller wurde, am liebsten unsichtbar gewesen wäre.

In seinem Magen bildete sich ein mulmiges Gefühl, eine kleine Angst, die immer größer wurde: dass auch er unwillentlich mal aus dem Rahmen fallen, etwas falsch machen, unangenehm auffallen könnte. Zumal er ja die Sprache des Landes nicht konnte und sein Englisch ziemlich eingetrocknet war. Die heimischen, zierlich-schlanken Prinzessinnen in den bunten, knöchellangen Seidenröcken sprachen ein Englisch, das er noch nie gehört hatte! Er bewunderte es, wie sie selbst die Deplaziertesten mit ihrem unerschütterlichen Lächeln verwöhnten — sogar wenn diese Banausen die kunstvoll aufgebauten, liebevoll dekorierten Mahlzeiten-Buffets minutenschnell in ein unästhetisches Chaos verwandelten. ‚Ach, wenn schlechtes Benehmen doch wehtun würde!', seufzte Ochtendang im Stillen, zog sich in seinen Bungalow zurück und las dort die mitgebrachten Bücher, darunter Alain de Bottons ‚Kunst des Reisens'.

In den letzten drei Tagen wurde er auf überraschende Weise getröstet. Am Rande der Anlage lebten etliche ziemlich struppige Katzen. Eine davon lief ihm zu, kam auf seine Terrasse, sogar in den Bungalow. Er verwöhnte das magere Tier mit Fleischhäppchen vom Frühstücksbuffet, streichelte es, nahm es auf den Arm, ließ es auf dem Sofa schlafen. Am Abreisetag — Ochtendang war schon beim Packen — brachte ihm ‚seine' Katze ein Abschiedsgeschenk: einen schon reichlich angeknabberten Gecko. Den legte sie direkt vor seinen Füßen nieder, wollte ihre Beute mit ihm teilen. Er war sehr gerührt. Um seine vierbeinige Urlaubsbekanntschaft nicht zu enttäuschen, entsorgte er das Präsent erst, als sie es sich in seinem geöffneten Koffer bequem gemacht hatte.

Ja, so kam es, dass Albert Ochtendang im künstlichen Paradies doch noch ein echtes Glück erlebte.

Krümel

(2) Ochtendang reist durch seine Wohnung wie Mäuschen, die Katze

Kaum war Albert Ochtendang von seiner Reise ins ferne Palmenparadies nach Hause zurückgekehrt, begab er sich ins städtische Tierheim und holte sich eine Katze. Mit großer Vorfreude hatte er bereits alle nötigen Utensilien in einem Zoogeschäft erworben. Nun schlenderte er durch den Gang zwischen den abgeteilten Gehegen, wo Dutzende von Katzen ziemlich apathisch herumlungerten. Eine jedoch, ein mausgraues Geschöpfchen mit blitzblanken Augen, kam geradewegs auf ihn zu und sprach zu ihm nach Katzenart. Das sollte zweifellos heißen: „Nimm mich mit!"

„Na, komm her, du Mäuschen", murmelte Ochtendang, hob die Kleine auf den Arm und hatte nun eine Katze, die auch schon einen Namen hatte: Mäuschen.

Wie bitte? Man kann eine Katze nicht Mäuschen nennen? Aber warum denn nicht? Sie versteht ja nicht den Sinn ihres Namens, sondern nur den Klang. Und wenn man sie zärtlich ‚Sauerkraut' riefe — ihr wäre das genau so recht.

Als Ochtendang in seiner Wohnung den Tragekorb öffnete, machte Mäuschen zunächst keine Anstalten, die schützende kleine Höhle zu verlassen. Erst nach fast einer Stunde kam eine tastende Pfote hervor, dann auch das Köpfchen. Und nun begann für Mäuschen, die Katze, eine Entdeckungsreise, die sich über einen halben Tag erstreckte. Wie in Zeitlupe

schlich sie auf die Wand des Zimmers zu und —
geduckt wie unter dem drohenden Schatten
unbekannter Gefahren — an dieser Wand entlang.
Alle paar Schrittchen blieb sie stehen, schnupperte
ausgiebig an der Tapete, an einem Stuhlbein, an einer
Bodenvase, als wären dies höchst aufregende
Entdeckungen. Bald traute sie sich, eine Zimmerecke
diagonal zu durchqueren, also die schützende Wand
für einen Augenblick zu verlassen. Dabei machte sie
die Bekanntschaft mit einem Sessel, schlüpfte kurz
unter dessen bodenlange Husse, und blickte, als sie
wieder auftauchte, stolz — ja, stolz! — zu
Ochtendang, der auf dem Sofa saß und diese
Entdeckungstour fasziniert beobachtete.

Er beneidete das Tier! Denn es machte seine kleine
Wohnzimmerreise, die sich später in der Küche, im
Bad und auf dem Balkon fortsetzte, ohne die
schlauen Beschreibungen eines Reiseführers, der die
Attraktionen schon lange gemessen, datiert, bewertet
und somit einschätzbar, vergleichbar gemacht hatte.
Für Mäuschen, die Katze, dagegen war alles neu,
einmalig, noch nie da gewesen. So muss es früher den
Pionieren, den Forschungsreisenden in neuen Teilen
der Erde ergangen sein. Auch sie hatten sich wohl
geduckt wie unter einem Berg unwägbarer Gefahren
und waren dennoch kühn immer weiter
vorgedrungen in die neue unbekannte Welt —
messend, datierend, katalogisierend für uns, die
Nachfolgenden mit dem Baedeker in der Hand.

Wie ist das möglich: Wenn wir, lauter weltoffene
Kosmopoliten, heute in eine fremde Stadt voller
Sehenswürdigkeiten reisen, so kommen uns selbst

Bauwerke, Plätze, Museen, die wir nie vorher gesehen haben, immer irgendwie bekannt vor. Wir wissen einfach zu viel. Wir haben zu viel Ähnliches gesehen, das für uns bereits vermessen, datiert und katalogisiert worden ist. Und wir haben ein besseres Gedächtnis als eine kleine Katze.

Hinzu kommt, dass wir unsere Entdeckungsreisen, die keine sind, zum Vergnügen unternehmen, während sie für die echten Entdecker, zum Beispiel für Mäuschen, die Katze, echte Lebensaufgaben darstellen — um des Überlebens willen zu bestehende Herausforderungen. Wie viel aufregender ist eine solche Odyssee als der Besuch der dreiundzwanzigsten Rokokokirche! Vor der stehen wir und trauen uns nicht, ihr unseren Besuch zu versagen. Schließlich hat sie im Reiseführer drei Sterne. Wer so was verschmäht, ist doch ein hoffnungsloser Banause!

Nachdem Mäuschen, die Katze, auch Diele, Küche, Bad und Balkon, immer forscher werdend, erobert hatte, stürzte sie sich auf ihr Futternäpfchen. Schließlich lag eine Riesenleistung hinter ihr!

Ochtendang lächelte. Ich sollte auch mal so eine Reise durch meine Wohnung unternehmen. Wer weiß, was ich alles Neues entdecke … Natürlich war ihm jeder Winkel seiner Behausung vertraut, hatte er jedes Fenster, jedes Bild an der Wand, jedes Möbelstück hundert oder tausend Mal betrachtet. Aber kannte er seine Wohnung wirklich?

Er trat an das Bücherregal. Anders als sonst, wenn er meist ein bestimmtes Buch gesucht hatte, ließ er die Augen nicht rasch und flüchtig über die

Buchrücken gleiten, sondern sah langsam und konzentriert jedes einzelne Buch an, zog das eine oder andere aus dem Regal, blätterte darin, las den Klappentext und machte eine ungeheure Entdeckung: Viele seiner Bücher kannte er gar nicht! Nun, das war eigentlich ganz ausgeschlossen. Er konnte sich nicht erinnern, jemals ein Buch — und sei es ihm beiläufig mal von irgendwem geschenkt worden — ungelesen ins Regal gestellt zu haben. Dennoch: Da gab es nicht wenige, deren Titel ihm nichts, gar nichts sagten. Und selbst als er die kurze Beschreibung gelesen hatte, ging ihm kein Licht auf. Ochtendang war erschüttert. Zwar hatte er in letzter Zeit einen beachtlichen Weinkonsum, aber sollte sein Hirn schon mit fünfundfünfzig Jahren so viele graue Zellen verloren haben? Nein! Die unbekannten Werke mussten wohl solche sein, die ihn seinerzeit wenig gefesselt, ja, die er vielleicht gar nicht zu Ende gelesen hatte. Über dreißig Prozent waren es, schätzte er — eine irritierende Erkenntnis!

Natürlich traf er auch auf liebe alte Bekannte. Und auf dichterische Werke, die sein Leben verändert hatten. Mit einem Schmunzeln strich er über die vertrauten Buchrücken, verspürte aber wenig Lust, ein solches Werk herauszuziehen; er kannte es ja viel zu gut. Doch um keinen Preis hätte er sich von einem einzigen dieser Schätze trennen mögen. Ob er vielleicht die anderen, die verschmähten, vergessenen, gelegentlich einer Spende zuführen sollte? Etwas mehr Platz konnte er schließlich gut brauchen …

Von den Büchern zu den Bildern! Ochtendang besaß kaum Originale, doch eine ganze Reihe signierter Druckgrafiken, darunter eine mit dem Titel ‚Mondteich'. Unzählige Male war sein Auge darauf herumgewandert, doch nie hatte er einen Teich erblickt, schon gar nicht einen Mondteich. Es gab doch überhaupt kein Wasser auf unserem Erdtrabanten! Wie sollte ein Teich dort hinkommen?

Diesmal ließ er den Blick wohl zehn Minuten lang über die Linien und Flächen des ziemlich abstrakten Bildes gleiten und glaubte plötzlich vage Figuren auszumachen, wie hinter Schleiern. Dabei hatte der Mond doch gar keine Atmosphäre. Wie sollten da Unschärfen entstehen? Nun, das hatte den Künstler offenbar wenig gekümmert. Bei ihm sah alles — was eigentlich? — so aus, als erblicke man es durch einen Sandsturm. Vielleicht senkte sich der Sand dieser Mondwüste irgendwann in einen Krater, bildete einen Teich aus Sandkörnern, einen ‚Mondteich'…

Bei einer anderen Grafik, die er sehr liebte, entdeckte Ochtendang heute zum ersten Mal ein Detail, das ihn faszinierte. Das Bild zeigte die Oberkörper eines Mannes und einer Frau, eines Königspaares. Und es war die Handhaltung der weiblichen Figur, die ihm schlagartig bewusst machte, wie sehr diese Frau ihren König liebte. Hatte er dem Bild dieses Übermaß an Liebe unbewusst schon immer angesehen? Hatte er es deshalb so geliebt?

Es ist wie im Leben, dachte er: Wir lieben einen Menschen oft nicht wegen seines Charakters oder seiner Klugheit, sondern für die Art, wie er eine Apfelsine schält oder wie er sein Haar zurückstreicht. Und sicher hat der König auf diesem Bild seine Königin lebenslang dafür geliebt, dass sie so unerhört zärtlich die Hand nach ihm ausstreckte ...

Ochtendangs Reise durch seine Wohnung dauerte viele Stunden. Als er an seinem Klavier vorbeikam, hörte er im Geist seine Lieblingsfuge. Lange brachte er bei seinen CD-Ständern zu. Und erst recht an dem Bord mit den Videokassetten. Jedes Zeitgefühl verlor er, als er die Fotoalben durchblätterte. Und dann fielen ihm auch noch alte Gedichte in die Hand, eigene Verse, entstanden als er noch nicht mal halb so alt war wie jetzt — und sehr verliebt. Besonders gefielen ihm seine Übersetzungen der Shakespeare-Sonette:

„Zur Hochzeit treuer Herzen hier kein Wort
von Hindernissen! Denn es wär die Liebe
wohl keine, die nicht stets, an jedem Ort,
trotz mancherlei Gefahr, dieselbe bliebe.

Oh nein! Fest steht sie unbeschränkt,
von Stürmen unerreichbar wie die Sterne ..."

Die Erkundung der Nähe, fand Ochtendang, ist ja mindestens so spannend wie der Besuch der Ferne. Vielleicht sogar lohnender. Er hätte nie gedacht, dass selbst in unscheinbaren Kleinigkeiten große Überraschungen stecken. Nachdenklich streichelte er Mäuschen, die Katze. Man hat wirklich keine Ahnung, wie viel Erstaunliches in einem selbst schlummert. Zwar erfährt man in den eigenen vier Wänden nichts über die lockende Fremde, doch man wird sich selber weniger fremd, ja, man lernt sich eigentlich erst richtig kennen. Welch eine Erweiterung des Horizonts! Allerdings muss man sich ordentlich hineinwühlen in den individuellen Fundus, vergessene Eindrücke, verdrängte Gefühle energisch freischaufeln, dann kommt man plötzlich dahinter, dass man in Wirklichkeit viel mehr ist, als ein funktionierender Konsument, ein abgebrühter Glotze-Gucker, ein routinierter Tourist. Ochtendang hatte sich seit Jahren nicht so gewundert!

Es würde wenig Sinn machen, hier weiter seitenlang zu schildern, was er, wie ein Pionier im Wilden Westen, noch alles Aufregendes entdeckte. Auch wollen wir an den Schutz seiner Privatsphäre denken. Doch wäre vielleicht vorzuschlagen, dass der Leser selbst einmal so eine Erkundungstour innerhalb seiner vier Wände unternimmt. Als es schon lange dunkel war, trat Ochtendang an das Fenster und sah auf die Straße herab. „Morgen musst du ein bisschen allein bleiben, Mäuschen — kannst du das schon? Morgen mache ich eine Abenteuerreise durch unsere Straße."

Leila

(3) Ochtendang lässt Mäuschen, die Katze, ein paar Stunden allein

Seit etlichen Jahren wohnt Albert Ochtendang in der Brunnenstraße, einer nicht sehr langen, nicht sehr breiten Straße am Rande der Innenstadt. Sie ist hauptsächlich bebaut mit Mehrfamilienhäusern aus den Dreißiger- und Siebziger-Jahren und mit einigen großen Villen an dem kleinen Park, in dem sich der Brunnen befindet, dem die Straße ihren Namen verdankt.

Tausendfach hatte er sie durcheilt, entweder zu der Straßenbahnhaltestelle am einen oder zu dem kleinen Supermarkt am anderen Ende; seine Wohnung lag in einem Altbau etwa in der Mitte.

Heute aber schlenderte er gemächlich ohne Zweck und Ziel von Haus zu Haus und nahm die anderen Fußgänger nicht nur als Hindernisse wahr, denen man ausweichen musste, sondern als Menschen mit Gesichtern, einem bestimmten Gang und einer gewissen Art, sich zu kleiden.

Vor jedem Haus blieb er stehen, und bei fast allen hätte er schwören können, dass er sie zum ersten Mal sehe. Waren das wirklich alles Häuser in der Brunnenstraße oder hatte er sich in eine andere Straße verirrt? Diese hellgrüne Eingangstür von Nummer vierzehn — die hätte ihm doch schon früher auffallen müssen! Und die Garagentore von Nummer neunzehn, waren die schon immer so mit Graffiti beschmiert gewesen?

In dem Park mit dem Brunnen setzte er sich auf eine Bank. Das hatte er noch nie getan, stellte er mit Erstaunen fest. Dabei war es doch eigentlich das Selbstverständlichste von der Welt, wenn man schon in der Brunnenstraße wohnt. Dieser Brunnen war allerdings eher ein schlichter Steinkübel, aus dem ein Engelskopf hervorragte, der als Wasserspeier diente. Seltsam: dieser Engelskopf zeigte ein tückisches Grinsen — nein, es war kein Grinsen. Damit aus den gespitzten Lippen der Wasserstrahl hervorsprudeln konnte, verzerrte der Engel seine Mundpartie auf fast schmerzhafte Art. Das wäre ja auch noch schöner, wenn jetzt schon die Engel tückisch grinsen würden!

Es begann zu tröpfeln. Ein richtiger Regen war es nicht. Regentropfen, so groß wie Himbeeren, fielen in sekundenlangen Abständen auf das Blätterdach des Baumes, unter dem er saß. Oh, das war ja ein Ahorn, wie er an der Form der Blätter erkannte.

Der zögerliche Regen verursachte ein kleines Percussionkonzert in den dichten Zweigen des Baumes. Die dicken Tropfen klangen, wenn sie auf die Blätter trafen, mal heller, mal dunkler — je nach der Größe des Blattes und des Tropfens wohl. Oder war es so, dass die Blätter der unteren Zweige beim Aufprall ein tieferes Geräusch hören ließen? …

Übrigens hatte der kleine Schauer bereits wieder aufgehört; der Boden vor der Bank und das Gras dahinter waren völlig trocken geblieben. Auf der nahen Straße eilten dennoch die Passanten weiter mit geöffneten Schirmen vorbei, hatten noch gar nicht bemerkt, dass der Regen vorbei war.

Wahrscheinlich wohnten die meisten der Leute hier in der Brunnenstraße oder in einer der kleinen Seitengassen. Er musste sie alle bereits gesehen haben, wahrscheinlich schon oft. Doch niemand kam ihm bekannt vor. Und niemand grüßte zu ihm herüber, ja, sie bemerkten ihn gar nicht — ein Mensch, der im Regen ohne Schirm müßig auf einer Bank hockt, so etwas passte nicht in ihre Stimmung von zielbewusster Eile. So war auch er bisher an allem und allen vorbeigehastet.

Sicher gab es unter den Mitbewohnern seiner Straße eine ganze Reihe, die gern Canasta spielten, wie er selbst es früher oft getan hatte. Oder Leute, die ein Instrument einigermaßen beherrschten; Ochtendang spielte ziemlich gut Klavier. Gewiss hätte man einen Canasta-Club gründen können. Oder ein ‚Kammerorchester Brunnenstraße‘. Aber die hastenden Leute hatten ja offenbar keine Muße, lebten alle in einer Zeit ohne Zeit.

Ochtendang hatte vorsorglich einen Notizblock eingesteckt, für den Fall, dass er einen Gedanken, einen Eindruck, eine Beobachtung festhalten wollte. Das brachte ihn auf die Idee, den Baum, unter dem er saß, zu zeichnen. Er stand auf, trat ein paar Schritte zurück und begann. Das heißt, zunächst schaute er nur; umriss mit den Augen die Form der Baumkrone, prägte sich ein, wie dick der Stamm war, wie sich die Äste verzweigten und in welcher Weise die Blätter angeordnet waren. Dann setzte er sich auf einen Stein und machte eine erste Skizze. Sie misslang. Die Baumkrone war eben nicht rund, sondern leicht oval und auf der einen Seite etwas niedriger als auf der

anderen. Und natürlich hatte der Ahorn unten
dickere Äste als weiter oben; doch erst beim Zeichnen
wurde Ochtendung klar, wie groß der Unterschied
war. Seine zweite Skizze gefiel ihm schon besser.
Doch leider waren ihm die filigranen Zweiglein am
Rande viel zu kräftig geraten, und so warf er auch
den zweiten Versuch im hohen Bogen in den
Papierkorb neben dem Brunnen. Hatte der da schon
immer gestanden?

Schließlich ließ er es bei einer sehr rasch
hingeworfenen, eher etwas impressionistischen
Skizze bewenden. Doch über den Wuchs eines
Ahornbaumes, über die Kraft seiner Äste, die
Beschaffenheit des Stammes, der für all diese Zweige
und Blätter das Wasser aus dem Boden saugen und
hinaufleiten musste bis in die Spitzen, hatte er eine
Menge erfahren. Man sollte eigentlich alle Dinge,
sinnierte er, so lange anschauen, wie es dauert, sie zu
zeichnen — egal, ob mit oder ohne Erfolg.

Ochtendang ließ sich ins feuchte Gras zurück-
fallen. Sein Kopf lag mitten in Gänseblümchen,
Löwenzahn und bunt blühenden Gräsern, deren
Namen er nicht kannte. Sie ragten über seine Stirn,
neigten sich auf sein Haar, und seine Augen sahen
die weißen und gelben Blüten gewissermaßen in
Großaufnahme. Er roch den herb-frischen Duft der
Halme, glaubte den Atem der Pflanzen zu spüren,
entdeckte zwischen ihnen kleine Insekten, die dort
ihr unbeachtetes Leben führten, und hätte — als jetzt
auch noch die Sonne warm auf seine Wangen fiel —
am liebsten hineinbeißen mögen in die Gräser
ringsum! Noch nie hatte er sich so eins gefühlt mit

der Natur. Dabei war es doch nur ein winziges Fleckchen in einem winzigen Park, aber mit Hingabe erlebt.

Nach längerer Zeit — vielleicht war er sogar ein wenig eingeschlafen — raffte er sich auf und ging weiter. Er durfte jetzt keinen Fehler machen. Wenn wir als normale Touristen eine Straße, eine Gegend besichtigen, werden wir ermuntert, auf die verschiedenartigsten Dinge zu achten: auf Gebäude aus unterschiedlichen Epochen, Denkmäler diverser Helden, Sehenswürdigkeiten jeglicher Art — ein gewaltiges Durcheinander, zu dem uns der Reiseführer auch noch mit einem Schwall von Daten überschüttet hinsichtlich der Entstehungszeit, der Stilmischung, des Materials, der Länge, Höhe und Breite. Sämtlich Angaben, die man sofort wieder vergisst oder hoffnungslos durcheinanderbringt! Solche Informationen sind wie Salzkörner ohne Streuer, nutzlos, sofort vom Winde verweht. Am Ende dieser Besichtigungsgänge hat man nur noch einen Wunsch: den nach seinem Hotelbett!

Ochtendang nahm sich vor, nur auf solche Dinge oder Wesen zu achten, die sich ihm von selbst bemerkbar machten, die also seine Aufmerksamkeit von sich aus verlangten. Das Erste, was ihn auf solche Art fesselte, war ein leer stehendes Haus, ein vergleichsweise kleines Haus, wohl das ehemalige Heim einer alteingesessenen Familie. Es war schon seit mehr als einem Jahr unbewohnt, und entsprechend verwahrlost sahen der Zaun, die Büsche und Beete aus. Fensterläden hingen lose in den Angeln, Putz blätterte allerorten ab — ein jämmerlicher Anblick. Einen weiteren Versuch mit dem Zeichenblock mochte Ochtendang lieber nicht unternehmen. Aber man kann ja auch in Gedanken malen, mit der Fantasie.

Sicher hatten hier ältere Leute gewohnt; man sah es an der Art der Gardinen. Warum hingen die wohl noch an den Fenstern? Waren die Bewohner plötzlich gestorben? Oder hatten lieblose Nachkommen sie Hals über Kopf in ein tristes Altenheim abgeschoben? Freilich, das altmodische Gebäude besaß kaum noch einen Wert — Moment mal, unterbrach sich Ochtendang: keinen materiellen Wert, das schon. Aber vielleicht einen unermesslichen ideellen Wert für die ehemaligen Bewohner, den niemand außer ihnen selbst einschätzen konnte. Jahrzehntelang mag dies ihre Heimstatt gewesen sein, der Ort, wo ihre Kinder zur Welt gekommen waren, herumgetobt hatten, erwachsen geworden waren, wo man Feste gefeiert, Zerwürfnisse durchgestanden hatte, wo Krankheit, Krieg und Not zu überleben gewesen waren ... Ja, ein altes Haus, das hat seine Geschichte!

Und plötzlich erfasste Ochtendang tiefes Mitleid: Wie elend und heruntergekommen musste es jetzt dastehen, allen Blicken ausgesetzt trotz seiner Erbärmlichkeit! In Gedanken strich er es mit blendend weißer Farbe an, rot leuchteten bald die Fensterläden, makellos strahlten wieder die Gardinen, und der Garten wurde vor Ochtendangs innerem Auge zu einem kleinen Park voll prangender Blumen. So ein Garten, so ein Grundstück, das war in dieser Lage heutzutage ein Vermögen wert — wer weiß, wie die Nachkommen sich darüber stritten oder welche Immobilienhaie sich darum bereits die Köpfe einschlugen. Bald würde hier wohl ein hoher protziger Neubau stehen!

Mit geschlossenen Augen ging Ochtendang ein kleines Stück weiter, um das schöne Bild, das er sich ausgemalt hatte, nicht zu verlieren. Als er wieder um sich blickte, war er bei einem mehrstöckigen, modernen Gebäude angekommen. Neben dem Eingang sah er ein Email-Schild mit Name und Sprechzeiten einer Kleintierpraxis. Na, so etwas! In seiner Straße ein Tierarzt, wie praktisch! Den würde er in allernächster Zeit mit Mäuschen, der Katze, aufsuchen — vorsorglich, für alle Fälle. Ob der Veterinär erst kürzlich zugezogen war? Oder hatte er das Schild seit eh und je übersehen?

Im Weitergehen fiel Ochtendang ein, dass er eigentlich immer ein miserabler Spaziergänger gewesen war. Vor allem hatte er es stets gehasst, allein, ohne Begleitung unterwegs zu sein. Heute erst entdeckte er den großen Vorteil, ganz auf sich gestellt dahinzuschlendern. Man sah viel mehr. Und vor allem das, was man sehen wollte! Man musste sich mit niemand unterhalten. Man konnte sich so viel oder so wenig Zeit nehmen, wie man mochte, man konnte ungestört seinen Gedanken nachhängen. Und da war niemand, der sagte: „Was stehst du hier ewig vor dem abbruchreifen Haus, wir müssen doch noch zum Supermarkt."

Kaum anzunehmen, dass einen Begleiter unter den Tausenden von Eindrücken, die so eine Straße vermittelt, ausgerechnet diejenigen gereizt hätte, die ihn, Ochtendang fesselten. Das sollte man sich immer klarmachen: Niemals gehen zwei Menschen mit einem Augenpaar, mit einem Geist und Sinn durch die Welt. Sie sehen die Dinge so verschieden, wie sie selber unterschiedlich sind.

Ochtendang schaute auf. Er stand vor einem spitzgiebeligen Haus, das ganz oben ein winziges Fensterchen hatte. Und dahinter entdeckte er das Gesicht eines Mannes. Es war ein junger Mann. Er blickte teilnahmslos, fast starr auf die Straße herab, genau in Ochtendangs Richtung. Aber es schien nicht so, als ob sein Blick den Passanten dort unten wirklich erfasste. Reglos verharrte das Gesicht, das den Fensterrahmen fast völlig ausfüllte. Ob es eine Puppe war? Oder gar ein Toter? Unsinn! Ein junger Mensch, der wahrscheinlich gerade nichts zu tun hatte. Oder ein Blinder, der immer nur in sich hineinhorchte. Keinerlei Leben war sonst in dem Haus zu bemerken. Das machte den starren Blick noch unheimlicher. Vielleicht war hier ein Verbrechen geschehen. Das Opfer hatte man in dem Verlies unterm Dach eingesperrt und elendig verhungern lassen … Ja, wenn die angekurbelte Fantasie des Menschen seine Empfänglichkeit so hochgeschraubt hat, wie es bei Ochtendang gerade der Fall war, dann schießen die absonderlichsten Gedanken durch die grauen Zellen.

Im nächsten Augenblick kam hinter dem Drahtzaun des Spitzdachhauses ein Hund herbeigefegt, bellte wütend, streckte sich an den Maschen des Zauns hoch, rannte, als Ochtendang schnell weiterging, knurrend und geifernd neben ihm her, so dass er hastig auf die andere Straßenseite ging. Er atmete auf. Das leblose Gesicht im Dachfenster aber starrte ihn unverändert an.

Ochtendang erlebte noch weit mehr Abenteuer auf der Reise durch seine Straße, zum Beispiel eine Frau, die nicht nach Hause fand. Sie wusste zwar ihre Adresse, nämlich Brunnenstraße 6a, doch sie konnte ihr Haus nicht finden. Ochtendang bot an, die Verwirrte zu begleiten. Es gab in der Brunnenstraße aber kein Haus mit der genannten Nummer.

Als er sich im benachbarten Supermarkt erkundigen wollte — es war eher ein etwas aufgemotzter Tante-Emma-Laden, und Ochtendang kannte die Emma, die Frieda hieß, recht gut — stellte er fest, dass der Laden geschlossen war: ‚Wegen Erpressung'. Merkwürdig … Er übergab die weinende Frau einem zum Glück vorbeikommenden Polizisten und ging kopfschüttelnd weiter.

Niemals würde wohl ein gedruckter Reiseführer über diese unscheinbare Straße, in der doch so gar nichts los war, auch nur ein Wort verlieren. Hier gab es keine Sterne zu vergeben. Na, vielleicht hätte die neubarocke Villa eines Tuchfabrikanten, die hinter dem kleinen Park lag, ein halbes Sternchen bekommen. Aber Ochtendangs Bewertung war — wie so oft — völlig anders: Das schiefe Grinsen des Wasserspeiers: ein Stern. Der rätselhafte Männerkopf im Dachfenster: zwei Sterne. Und der Balkon schräg über ihm, bei dem er in diesem Augenblick ankam: drei Sterne. Denn auf dessen Brüstung saß Mäuschen, die Katze. Ochtendang war zu Hause. Gott sei Dank, dachte er — wie nach jeder Reise.

Lucky

(4) Ochtendang macht mit Mäuschen, der Katze, eine Reise im Bett

Die allerschönste Reise seines Lebens unternahm Albert Ochtendang zu Hause, im eigenen Bett. Nicht, dass er krank gewesen wäre. Oder zu faul zum Aufstehen. Er zog einfach die Konsequenz aus seinen Erfahrungen.

Sich dem Schönsten hinzugeben, was die Welt zu bieten hat, ohne Bett und Haus zu verlassen, bot zunächst den Vorteil, dass er Mäuschen, die Katze, nicht in fremde Hände geben musste, sondern dass sie ihn auf seiner Reise — neben ihm auf dem weichen Kissen — schnurrend begleiten konnte.

Vielleicht erinnern Sie sich: Bei seiner Erkundungstour durch die eigenen vier Wände hatte Ochtendang lange an dem Bord mit den Video-kassetten verweilt. Dabei war ihm ein Band in die Hände geraten, das er seit mehreren Jahren nicht wieder angeschaut, seinerzeit aber als überaus glücklichen Kauf eingeschätzt hatte. Es handelte sich um einen Ausstellungskatalog in filmischer Form, eine Dokumentation über die viel beachtete Gemäldeschau ,Das Schöne und das Erhabene'. Beeindruckt von den ausgestellten Kunstwerken, hatte Ochtendang die Kassette im Bookshop des Museums erworben, sie daheim zweimal angeschaut, jedes Mal beifällig genickt und dann vergessen — eben bis zu jener Reise durch seine Wohnung.

Bei Ochtendang stand das Fernsehgerät seit eh und je im Schlafzimmer, ebenso der Videoplayer.

Denn die besten TV-Programme gab es nun einmal spät abends oder halb in der Nacht; deshalb hatte er dieses Arrangement für sinnvoll gehalten.

‚Das Schöne und das Erhabene' ließ er nun erneut über seinen großflächigen Bildschirm laufen; es war also eine Reise in die Kunst. Dabei ging es vor allem um Landschaftsmotive. Nun ist es nicht neu, dass unser Blick für schöne Landschaften geschult ist durch die Kenntnis von Kunstwerken, die solche Schönheiten darstellen, und die in subtiler Weise unseren Blick schärfen für das, was wir dann schön finden. Dabei hat die künstlerisch-idealisierte Darbietung den bedeutenden Vorteil, dass sie alles weniger Schöne schlicht und einfach weglassen kann.

Ochtendang sah die Dokumentation jener bedeutenden Kunstausstellung nicht einfach Meter für Meter an, sondern bediente sich der Videotechnik in vielfältiger Weise: stoppte das Bild, wiederholte gewisse Sequenzen, zoomte an bestimmte Bilder heran et cetera. So erleichtert die Technik durchaus die Betrachtung des Schönen. Doch hat das mit dem Vorgang des Verstehens, der Identifikation, des Innewerdens zunächst nichts zu tun. Dazu muss man sich erstmal darüber klar sein, was schön ist, also warum wir das Schöne als solches empfinden.

Natürlich gibt es da keine einfache Antwort. Ochtendang glaubte herausgefunden zu haben, dass man Schönheit nur fühlen kann, wenn man begreift, wodurch sie entsteht. Und dazu, so meinte er, sind tiefe Reflexion, aber auch scharfe Beobachtung, sensitive Hingabe, aber auch kühle Analyse sowie kreatives Vergleichen vonnöten. Keine einfache Sache!

Er war sehr traurig darüber, dass er ein miserabler Zeichner und schon gar kein Maler war. Es ging ihm wie jemand, der in der Musik zwar viele Nuancen hört und erlebt, aber keine Noten lesen kann, kein Instrument beherrscht und deshalb niemanden, auch nicht sich selbst, erklären kann, wie und warum ihn die Klänge beglücken, tragisch stimmen oder erheben.

Als Lehrer hatte er viele Jahre lang die Meinung propagiert, dass es mindestens so wichtig wäre, Kinder von Beginn an ernsthaft das Zeichnen und Malen zu lehren wie ihnen das Lesen und Schreiben beizubringen. Die Kollegen — außer dem Kunsterzieher — schüttelten den Kopf: Wie konnte er so etwas sagen, noch dazu als Deutschlehrer?!

In früheren Jahren, als Ochtendang noch körperlich durch fremde Länder und Kulturen gereist war, hatte er natürlich ausgiebig fotografiert. Denn auch das Foto vermag den Anblick des Schönen festzuhalten, das Störende der Realität geschickt auszublenden — und doch ist das nicht vergleichbar mit dem, was ein Kunstwerk den Sinnen darbietet. Das Fotografieren hat die böse Eigenschaft, dass wir das blitzschnell Aufgenommene eben nicht in uns aufgenommen, ja nicht einmal richtig angeschaut haben. Wir wissen ja, dass es nun ‚verewigt' ist! So geht man achtloser durch die Welt als ohne Kamera. Und weiß hinterher oft gar nicht mehr, warum man gerade diesen ‚Schuss' gemacht hat.

Da saß er nun also auf seinem Bett, mit Mäuschen, der Katze, an seinem Arm, und schaute fasziniert auf die Röhre. Den Ton des Films hörte er wunderbar präsent in einem Kopfhörer, der jede Schwingung der mitgelieferten Musik bis in die letzten Winkel des Hirns trug. Gemächlich ließ er die Landschaftskunst fast aller Stile und Epochen an sich vorüberziehen — eine Orgie an Schönheit! So ein virtueller Museumsbesuch hatte ja auch den großen Vorteil, dass nicht dauernd andere Leute vor dem Bild herumstehen, das man gerade betrachten möchte. Auch schreien keine gelangweilten Kinder herum, die von ihren Eltern gnadenlos durch die Ausstellung gezerrt werden. Man sinkt nicht dauernd mit erschöpften Beinen und schmerzendem Rücken auf eine der lehnenlosen Bänke, die in Galerien üblich sind. Auch landet man am Ende nicht in einer dürftigen Cafeteria bei lauwarmem Wasser und einem Teebeutel. Sehr zufrieden griff Ochtendang stattdessen nach dem vorzüglichen Bordeaux, der neben ihm auf dem Nachttisch stand.

,Das Schöne u n d das Erhabene' — ja ist das denn nicht so ziemlich dasselbe? Hier hatten die Veranstalter der Ausstellung eine klare Meinung: Erhaben fänden wir, wie das Wort ja schon ausdrücke, nur das, was uns Menschlein weit überrage, also das, wogegen wir uns klein und gering vorkommen.

Nein, natürlich ist ein schimpfender Vorgesetzter nicht erhaben für uns; der will uns ja absichtlich zusammenstauchen. Aber dem Grand Canyon, dem sind wir herzlich egal. Der ist — trotz seiner Tiefe! —

über uns so erhaben, dass wir es genießen, ihm gegenüber klein zu wirken wie ein Wurm …

Beim ersten Durchlauf der Kassette ließ sich Ochtendang ziellos durch die Landschaften treiben, die ihm eine Crème der Malkunst offerierte. Er verharrte vor dem berühmten ‚Gosausee mit Dachstein' (E. Schleich d. Ä.), bewunderte die ‚Sonnige Waldwiese' von Wilhelm Busch, entzückte sich an William Hodges Tahiti-Gemälden, glaubte die ‚Mohnblumen' von Monet zu riechen, spazierte mit Renoir an der ‚Seine bei Chatou' entlang, lagerte sich in Gedanken vor Monets ‚Tulpenfeld' … Überhaupt die Impressionisten! Oh, wie gern wäre er mit einem weißen Sonnenschirm über die vielbunten Wiesenhänge von Renoir geschlendert, doch — so rief er sich zur Ordnung — dafür hätte er ja sein Bett verlassen müssen!

Auch die grandiosen Naturbilder abweisender Berglandschaften, zum Beispiel Loutherbourgs ‚Lawine in den Alpen' oder John Ruskins ‚Alpengipfel', beeindruckten Ochtendang, aber er spürte irgendwie, dass ihm das Erhabene weniger lag als das Liebliche.

In andächtiges Staunen versetzte ihn die Landschaftskunst des genialen William Turner. Dieser geschäftstüchtige und überaus erfolgreiche Engländer, so berichtete der Kommentar, war unermüdlich durch Europa gereist — zum Beispiel ins Rheintal, nach Frankreich, in die Alpen und immer wieder nach Venedig —, um seine im Nebel Englands frierenden Landsleute mit den impressivsten Ansichten der Welt jenseits des

Channels zu versorgen, und sie kauften ihm seine Gemälde dutzendweise ab! Ganz nebenbei nahm Turner den Impressionismus um fast hundert Jahre vorweg.

Ochtendang öffnete eine neue Flasche Bordeaux. Dabei überlegte er lächelnd, wie viele Monate, wenn nicht Jahre, er wohl mit Flugzeugen, Omnibussen, Autos und per pedes benötigen würde, um so viele Kunst gewordenen Naturwunder in der Wirklichkeit anzuschauen, die ja gegenüber dem Kunstwerk meistens auch noch enttäuscht.

Beim zweiten und dritten Betrachten des Videos konzentrierte sich Ochtendang dann auf einige wenige der ausgestellten Gemälde. Zunächst versenkte er sich in die Darstellung einer kleinen Insel, die sehr malerisch in einem blauen See vor grauen Bergen lag. Er kannte diese Insel, diesen See von früheren Besuchen. Ja, auch ,live' hatte er das Eiland sehr hübsch gefunden. In seiner Mitte gab es ein altehrwürdiges Kloster mit Zwiebelturm-kirchlein. Rundherum wuchsen vierhundertjährige Linden. An den malerischen Buchten standen schmale Fischerhäuser mit üppig bunten Gärtchen. Eine Fülle von Bötchen und Schiffchen schaukelte um die Insel, die man zu Fuß in nicht mal einer Stunde umrunden konnte. Eine Idylle.

Doch der Maler, dessen Werk Ochtendang andächtig bestaunte, hatte aus der Idylle etwas gemacht, was nur mit dem Wort Schönheit treffend zu bezeichnen war. Er gehörte zu einer Künstler-kolonie, die vor hundert Jahren auf dieser Insel gegründet worden war und dort bis heute ihre Wirkungsstätte hat.

Sein Bild, ein zartes, fast pastelliges Ölgemälde, zeigte das Eiland als verletzliches Wesen, das alle Kraft seines kleinen Stückchens Natur brauchte, um sich gegen das übermächtige Wasser drum herum zu behaupten, fast wie ein schutzloses Kind, das man am liebsten in den Arm genommen hätte, um es gegenüber den hochragenden dunklen Bergen in seinem Rücken zu verteidigen. Kurz: Der Künstler hatte dem ängstlich aus dem See schauenden kreisrunden Körperchen eine Seele eingehaucht, die zum Betrachter sprach: „Hab mich lieb, gib mir deinen Schutz!"

Die zarte Malweise, die eher verkleinerten Dimensionen, das strahlende Weiß des verniedlichten Klosters und seines Kirchleins, das rührende Rot der Turmzwiebel — all dies war nicht simples Abbild der Realität, wie Ochtendang ja wusste, sondern eine Idealisierung, die Schutzinstinkte beim Betrachter weckte und ihn seufzen ließ: Wie entzückend, wie schön!

Auch Ochtendang erlag dem Zauber. Immer wieder fuhr er auf dem Video zu der Passage zurück, die ‚sein' Inselchen zeigte, zoomte auf die unerhört grünen Linden, auf die verspielten Bötchen und bangte nur, dass über das liebe Fleckchen Erde bald wieder die abertausend Touristen — wie damals, als er dort zu Gast war — herfallen würden wie der sprichwörtliche Heuschreckenschwarm.

Als junger Mensch hatte er sehr geschwärmt für einen zarten, fast zerbrechlichen Hollywoodstar, der riesige Rehaugen und einen ungelenken, sehr mädchenhaften Charme besaß. Ja, diese wunderbare Schauspielerin war seine große platonische Liebe gewesen, weil ihre Schönheit aus ihrer Seele kam. Genau so empfand er jetzt, dreißig Jahre später, seine Gefühle für das Eiland im See, und zwar in der Kunstgestaltung eines Malers, der gewiss kein Turner war, aber ein Jünger der Schönheit.

Apropos: Von William Turner, erinnerte sich Ochtendang, soll ein Zeitgenosse gesagt haben: Venedig im Nebel gab es nicht, bevor Turner es gemalt hat. So ähnlich hätte man über das Inselbild sagen können: Erst dieser Maler hat das Klostereiland geschaffen.

Beim dritten Durchlauf zog ein ganz anderes Gemälde Ochtendang in seinen Bann, das ihm vorher gar nicht aufgefallen war. Es gehörte eher zum zweiten Themenkreis der Ausstellung, zur Darstellung des Erhabenen. Es zeigte ein Meer. Sonst nichts. Keinen Strand, keine Küstenlinie, keine Boote oder Schiffe, nur graugrünes Meer, das zum kaum erkennbaren Horizont hin immer schwärzlicher wurde. Man sah auch keine Wellenkämme, keine anrollenden Wogen, keine Spiegelungen des Himmels. Der war in einem schweren lastenden Dunkelgrau gehalten — mit einem Stich ins Schweflige am oberen Bildrand. Die Wasseroberfläche war durch subtilste Pinselstriche gerade so viel schattiert und schraffiert, dass man sie nicht für ein ebenes Stück Land halten konnte, nein, das Wasser sah unglaublich echt wie Wasser aus. Meer und Himmel, sonst nichts. Und gerade das machte dies Bild so grandios. Denn der Betrachter setzte dieses bleiern daliegende Meer unwillkürlich in Bewegung: Seine Fantasie forderte Wellen, Wogen, Sturmwolken; diese unheimliche, drohende Stille konnte doch nicht von Dauer sein! Und seine eigene Vision machte dem Schauenden klar, welche gewaltigen Kräfte, welche ungeheuren Gewalten hier wohl gleich losbrechen mussten. Der Maler hatte die Naturkatastrophe nicht dargestellt, sondern provozierte sie in der Phantasie des Betrachters. So etwas hatte Ochtendang noch nicht erlebt.

Ihm fiel ein Geschehnis ein, das er nie vergessen konnte. Damals hatte er in den Herbstferien ein paar Tage Seeluft tanken wollen, war auf eine der beliebten Nordseeinseln gereist und hatte sich im fast leeren Strandhotel ein preiswertes Dachzimmer mit Meerblick genommen. Nach wenigen Tagen war ein Gewitter aufgezogen. Der Himmel war urplötzlich schwarz geworden, nachtschwarz, ohne eine Spur von Blau. Man konnte kaum bis zu den vorgelagerten Sandbänken sehen, so dunkel war es. Dann brach ein Sturm los, Blitze zuckten, Donnerschläge ließen das Hotel erzittern. Das bleierne Meer war ebenso plötzlich ein kochender Vulkan. Der Sturm peitschte die Wassermassen auf, sodass krachende schäumende Wogen den Strand bis zur Promenade überspülten. Die entfesselten Fluten rissen Dutzende von Strandkörben mit sich, zogen sie aufs Meer hinaus, wo sie wie riesige Korken hin und her geworfen, ja sogar durch die Luft geschleudert und immer weiter hinausgetrieben wurden — einer fremden Küste zu.

Dies dramatische Erinnerungsbild stieg vor Ochtendangs innerem Auge auf, als er das unbewegte, grenzenlose Meer auf dem Gemälde betrachtete, das den Titel trug: ‚Vor dem Orkan'. Ochtendang verbrachte mehrere Tage an seinem Bildschirm. ‚Das Schöne und das Erhabene' ließen ihn einfach nicht los. Er kam schließlich zu der Überzeugung: Die wirklichen, wahren Paradiese sind Kunst, Dichtung, Musik. Und am besten gelingt es natürlich, sich zu versenken, wenn man ganz mit sich allein ist. Dann ist die tiefe Reflexion möglich, die es braucht, um sich Schönheit und Größe im Innersten anzueignen.

‚Ich habe die ideale Form gefunden', sinnierte er, ‚die Schönheiten der ganzen Welt in mich aufzunehmen, ohne auch nur einen Schritt in die tatsächliche Welt tun zu müssen!' Mit diesem Gedanken schlief er ein. Nach einem ungenierten Gähnen tat Mäuschen, die Katze, dasselbe.

Fleckie

Die Katze
(frei nach Charles Baudelaire)

Komm an mein Herz, du schönes Katzentier —
doch zügle deine Krallen!
Achatgesprenkelt, goldmetallen,
so ruht dein Aug auf mir.

Und streichle zärtlich ich den Rücken dir,
und dehnst du dich voll Wohlgefallen,
ist meine Hand berauscht vom Wallen
in deinem Körper, das ich spür.

Vor mir erscheint das Bild von meiner Frau.
Sie blickt wie du, mein liebes Tier — genau,
als ob sie kleine Dolche zückt vor mir …

Ein leiser Hauch geht aus von ihr, von dir:
Ein Duft wie von Gefahr
umspielt mich sonderbar.

Bella

Jonas hat es gut

Jonas öffnete ein Auge und schielte zum Fenster hin. Es sah aus, als würde es ein schöner Tag werden. Noch war es gar nicht richtig hell, aber Jonas ist ja immer lange vor den anderen Familienmitgliedern wach.

Zu der vierköpfigen Familie gehören: Eva, Frau des Hauses, auch ‚Maus' genannt; Fred, ihr Mann (kein Kosename), dann Lisa, zu der sie einfach Töchterchen sagen, und schließlich Jonas, das Bengelchen. Eine überaus normale Familie: Gehobene Haushälfte, größerer Mittelklassewagen, eher schwache Besuchsfrequenz, keine aufregenden Hobbys.

Neben Evas Bett schrillte der Wecker. Rasch stellte sie das wacklige Ding ab. Mist, dass ihr Uhrenradio kaputt war; mit ein bisschen Softpop erwacht es sich halt netter. Sie setzte sich in ihrem breiten Bett auf, das ehemals für zwei gedacht war, schaute zum weit geöffneten Fenster hinaus und dachte dasselbe wie Jonas: Es wird ein schöner Tag. Für das Wetter traf das dann ja auch zu, aber sonst …

Eva Marholm war Lehrerin — gewesen. Entnervt hatte sie den Beruf an den Nagel gehängt, als Töchterchen Lisa vor elf Jahren auf die Welt kam. Jetzt machte sie zu Hause Übersetzungen und gab Sprachkurse an der Volkshochschule — na ja.

Jonas begrüßte die ‚Maus' wie jeden Morgen. Das war immer eine Szene strömender Herzlichkeit.

Überhaupt benahm sich Jonas viel liebevoller als Lisa. Vielleicht lag das am Alter.

Im Gegensatz zu Jonas war Eva ein Morgenmuffel. Nur mit Überwindung kam sie aus dem Bett, während Jonas es gar nicht erwarten konnte. Sie strich dem Kleinen über den Kopf und sagte: „Du hast es gut, mein Bengelchen".

Jonas ging zu Freds Zimmer gleich nebenan. Die Tür war zu! Pennte der etwa noch? Er öffnete so leise es ging. Stickig war's in dem Raum. Die Vorhänge, wie immer ganz zugezogen, ließen keinen Sonnenstrahl herein. Jonas machte absichtlich ein bisschen Lärm, und schon stürzte Fred purzelbaumartig aus dem Bett, das nur halb so breit war wie Evas Grandlit.

Fred wankte ins Bad. Lieber Himmel! Heute hatte er ja die große Präsentation bei dem Pharmakonzern — es ging um neunzig Millionen! Er schaltete sämtliches Licht an, das es in ihrem Marmortempel von Badezimmer gab: zweimal acht Glühbirnen an den beiden Spiegeln, vier Deckenstrahler und den weiß leuchtenden künstlichen Hinkelstein neben der Dreieckswanne. Trotz der blendenden Helle riss er gewaltsam die Augen auf — er musste einfach wach werden!

Jonas liebte es, seine Morgentoilette gleichzeitig mit Fred zu verrichten, unter Männern sozusagen. Also begleitete er ihn ins Bad.

Das Ritual, das nun begann, war jeden Morgen haargenau das Gleiche. Bei Fred hieß es: „Wasser Marsch!" — erst im Waschbecken, dann unter der Schwallbrause. Außerdem bediente er mehrere

Apparate, um seinen Mund und seine Zähne zu pflegen, seinen Bart zu beseitigen und seine Haare zu trocknen. Stark riechende Wässerchen kamen zum Einsatz und die Sprühdose mit dem scharfen Zischgeräusch.

Jonas war, ehrlich gesagt, ziemlich wasserscheu. Und außerdem ein Anhänger möglichst einfacher Verrichtungen. Zunächst saß er faul auf dem Rattanstuhl bei der Badezimmerpalme. Dann reckte er sich, gähnte gewaltig und wandte sich schließlich betont langsam seiner höchst wassersparenden Gesichtspflege zu, vergaß auch Brust und Bauch nicht, begab sich nebenan auf die Toilette — fertig.

„Du hast es gut, Bengelchen", rief Fred, als er aus dem Bad stürmte.

‚Was ist eigentlich mit Lisa?', fiel Jonas ein. Die Tür zu ihrem Zimmer stand einen Spaltbreit offen, und so ging er vorsichtig hinein. Oh, er wusste, wie man Leute sanft aufweckt ... „He, mein Junge, ein Glück, dass du kommst!" Lisa schmuste schlaftrunken mit dem Kleinen. „Ohne dich hätt' ich wahrscheinlich bis zehn geschlafen — Matheprüfung ade!" Seufzend stieg sie aus ihrem geliebten Bett und dachte mit leichtem Nervenzittern an das, was ihr in der Schule bevorstand.

Des Tages zweite Hürde nach dem Aufstehen war das Frühstück. Jonas gehörte zu denen, die es lieben, wenn alle gleichzeitig ihren Appetit stillen. Aber das war in seiner komischen Familie einfach nicht hinzukriegen. Er fand auch, dass die Dauer der Frühstücksvorbereitungen in keinem Verhältnis zu den paar Augenblicken stand, in denen die Kalorien dann verfrühstückt wurden: Ein Ei kochen — fünf Minuten. Ein Ei abschrecken, aufschlagen, salzen, auslöffeln und die Schale entsorgen — anderthalb Minuten!

Lisa war die Schnellste: Fünf Löffel Nutella, ein Knäckebrot, ein Glas Milch — ab in die Schule! Im Hinausrennen rief sie noch: „Ach, Jungchen, du hast es gut!"

Bei Fred kam nach dem erwähnten Ei und einem Schwarzbrot mit dick Butter noch eine große Tasse Kaffee, pechschwarz, und dann — so viel Zeit muss sein! — die erste Zigarette des Tages. Die erste von etwa dreißig, leider. Heute konnten es allerdings auch vierzig Filterlose werden. Wegen der millionenschweren Präsentation.

Fred war Werbefachmann, Senior Marketing Executive — die Branche liebt solche Titel. Mit anderen Worten: Er war ein bewährter, langsam in die Jahre kommender Handlanger steinreicher Firmenbosse, die zwar protzige Villen, sündteure Mega-Yachten und Straßenkreuzer im Dutzend besitzen, aber nicht genug Kreativität haben, um sich ihre banale Reklame selbst auszudenken! Andererseits sind sie clever genug, ihre Manager und Funktionäre mit Rang und Reichtum zu bestechen, sodass diese lächerlich überdotierten Opportunisten die verbrecherischen Machenschaften, kriminellen Verwicklungen, menschenverachtenden Methoden oder umweltzerstörenden Einflüsse, die mit ihren Geschäften einhergehen, eisern geheimhalten und sogar bestmöglich ins Gegenteil schönreden.

Sich in der Sonne ihrer Macht räkelnd, lassen sie die Werbefritzen antanzen, um dann mithilfe ihrer dumpfen Hirne jede einigermaßen intelligente Idee abzuschmettern, denn sie haben nur Sinn für das Plumpe und Abgeschmackte. Und der Erfolg gibt ihnen ja Recht! Weshalb denn auch die Reklameheinis jedes Mal reumütig vor ihnen in den Staub fallen und genau das machen, was die Herren der Welt von ihnen verlangen: Scheiße! Ja, so etwa sah Fred seinen Job bei der hochgepriesenen Werbeagentur MORE FOR LIFE.

Er musste los! Die ‚Maus' drückte ihm einen Kuss auf die Wange. Jonas begleitete ihn bis zum Wagen und sah ihn aufmunternd an — sozusagen: ‚Mach's gut, Alter!'

„Danke, mein Junge!"

Endlich hatte nun auch Jonas Zeit, seine Frühstücksportion zu vertilgen, recht gemütlich sogar, gemeinsam mit Eva. Die kaute — immer noch im Morgenrock und mit der Zeitung vor der Nase — eine große Schale Mehrfrucht-Nuss-Mandel-Müsli mit viel Milch, trank ihren frisch gepressten Orangensaft und gönnte sich zum Abschluss ein Weißbrot mit Käse, französischem.

Jonas war in den rundum verglasten Wintergarten geschlendert und sah nun der Sonne zu, wie sie schien. Er war eben anders als andere Bengelchen, aber für Fred, für die ‚Maus' und das Töchterchen war er — da gab's gar nichts! — ein ganz normales Familienmitglied.

Nach ihrem ausgeruhten Frühstück verteilte Eva wieder einmal zehn verschiedene Salben auf sich, da grellte die Türklingel. Eva riss den Morgenrock um ihre Schultern; Jonas begab sich vorsichtshalber ins Obergeschoss. Ein Mann stürmte herein und schlenkerte wild mit den Armen.

„Ecco, Signora, was Sie gemacht haben aus meinem Text — mamma mia, das ist nicht Übersetzung, das ist ein catastrofo! Sie haben gemacht mein Werk kaputt! Madonna, ich schreibe Romane per cuore, für das Herz von Frau. Sie haben daraus gemacht Lyrik, poesia! Das ist Quatsch! Non parlo tedesco, ma capisco: Impossibile! Keine Lire zahle ich Ihnen. S i e müssten mir geben Geld per questo scandalo e tempo perduto!" Bei diesen Worten warf er Eva Marholm ein Bündel computer-bedruckter Blätter vor die Füße — immerhin mit elegantem Schwung.

Eva holte tief Luft. Um nicht loszuheulen, griff sie an: „Was? Ich soll Ihren Schund verschlimmert haben? Mann, ich habe daraus ein lesbares Buch gemacht! Sie sollten mir die Füße küssen — nein, lieber nicht. Sie wollen für Frauenherzen schreiben? Dass ich nicht lache, Mann! Gerade, weil ich ein Herz habe, habe, habe ich — — " Nun kamen ihr doch die Tränen.

Jonas hatte oben mitgehört, aber kaum etwas verstanden. Der schreckliche Kerl rief nur noch: „Mich sehen Sie nicht wieder!", und weg war er. Jonas rannte die Treppe runter und versuchte, Eva zu trösten. Trauer und Mitgefühl lagen in seinem Blick, und jede seiner Bewegungen schien zu sagen: Mach dir nichts draus, für mich bist du die Größte. Eva war gerührt. „Ja ja, mein Junge, so etwas kann dir nicht passieren!"

Jonas wollte wieder in den Wintergarten gehen, da hörte er Schritte auf dem Kiesweg. Wer kam denn da angerannt? Es war Lisa, viel zu früh! Die Sonne stand ja noch nicht mal hinter der großen Kastanie. Als ihr Jonas, noch etwas flinker als sonst, entgegenlief, sah er: Die heult ja auch! Ohne ihn anzuschauen, stürzte sie in ihr Zimmer, warf die Schultasche und sich selbst aufs Bett und kickte die Tür mit dem Absatz geräuschvoll zu.

Nur Sekunden später war Eva da, und Jonas drückte sich hinter ihr in Lisas Zimmer. „Mensch, Töchterchen, was ist los? Die Matheprüfung?" Lisa nickte und machte einen kleinen Schluchzer. Das ganze Ausmaß der Tragödie kam aber erst bruchstückweise im Laufe des Nachmittags heraus. Ja, sie hatte die Prüfung total verhauen, war vor versammelter Klasse ausgerastet, und alle hatten gelacht — gelacht! Die Lehrerin, die blöde Kuh, wollte ihr („Meine liebe Lisa, hör mal …") erklären, warum ihre Arbeit — da hatte Lisa einen Weinkrampf bekommen und sich panisch in die Mädchentoilette geflüchtet. Nach ein paar Minuten war die Direktorin mit einem Generalschlüssel gekommen, hatte die verriegelte Kabinentür aufgemacht, Lisa herausgezerrt und sie von einem der größeren Schüler (ausgerechnet Michi, den Lisa heimlich anhimmelte — und wie!) vorzeitig nach Hause bringen lassen, als wäre sie krank. Eine absolute Imagekatastrophe!

Jonas blieb bei ihr; sie brauchte jetzt die Wärme eines mitfühlenden Herzens. Selbst als er mit halbem Ohr wahrnahm, dass Eva sich anschickte, Gartenarbeit zu machen, verließ er das Töchterchen nicht. Dabei liebte er Gartenarbeit über alles, genauer gesagt: das Zuschauen.

Eva dagegen packte kräftig an, wie immer, wenn sie ihren Frust niederkämpfen wollte: „Dieser minderbemittelte Spaghettidichter" — Spatenstich! — „keine Ahnung von Sprache und Ausdruck" — Grasnabe weggeschleudert! — „kein ehrliches Wort kann der schreiben, nur Kitsch" — zwei dicke Steine ausgehoben! — „und wirft mir vor, ich verhunze seinen Schund" — doppelter Spatenstoß! — „so einen Mist würde ich gar nicht zustande bringen, wenn ich Schriftstellerin wäre" — plötzliches Innehalten. „Ja, vielleicht hätte ich Schriftstellerin werden sollen!"

Lisa rappelte sich schließlich auf und schaltete den Computer ein, um ein bisschen zu chatten. Da ging Jonas indigniert aus dem Zimmer. Denn an ihren PC ließ sie ihn einfach nicht ran — nie! Und das fand er ausgesprochen gemein.

Als er in den Garten kam, wollte die ‚Maus' gerade den großen Wasserschlauch abrollen. Jetzt kam also der Teil der Gartenarbeit, auf den Jonas liebend gern verzichtete! Und so schlenderte er ins Wohnzimmer und setzte sich vor den Fernseher. Klasse! Es lief gerade ein Tennismatch. Das war genau nach seinem Geschmack: Rechts plopp, links plopp, rechts plopp Er selbst spielte natürlich nicht Tennis, kannte auch die Regeln nicht, wie die meisten Zuschauer, aber dieses Hin und Her, Hin und Her fand er äußerst spannend, wie die meisten Zuschauer. Nur mit halbem Ohr registrierte er, dass das Telefon gedüdelt, Eva abgenommen und ein paar aufgeregte Worte gesagt hatte.

Da stürzte sie auch schon ins Wohnzimmer und zappte, ohne Jonas zu fragen, auf den Nachrichtenkanal: „Attentat auf ein britisches Atomkraftwerk … noch nicht bekannt, ob Radioaktivität ausgetreten … wurde die Bevölkerung der Region vorsorglich gebeten, die Fenster und Türen … völlig unklar, wie es trotz schärfster Sicherheitsvorkehrungen" … Jonas trollte sich beleidigt. Er fand Tennis schöner.

Zur Abwechslung begab er sich in die Küche, um etwas zu trinken. Mit versteinertem Gesicht folgte ihm Eva. So hatte Jonas sie noch nie gesehen: völlig verkrampft, dabei fahrig, als wäre sie mit ihren Gedanken sonst wo. War sie auch, nämlich in der britischen Provinz, wo wahrscheinlich eine Katastrophe passiert war, gegen die ihre kleinen Probleme — was wollte sie eigentlich hier in der Küche? Ach so, natürlich: das Abendmenü vorbereiten! Nur mit Mühe hatte sie sich vom Fernseher losreißen können, aber in knapp zwei Stunden kamen die Gäste. Zu blöd, ausgerechnet heute hatten sie zu einem ‚Biodinner' eingeladen.

Interessiert schaute Jonas zu. Die Vorbereitung einer Mahlzeit war erfahrungsgemäß mit einer Reihe faszinierender Tätigkeiten und reizvoller Gerüche verbunden. Aber diesmal konnte die ‚Maus' gar nicht wieder aufhören, zu schneiden, zu schälen, zu schaben und zu hacken. Essen war ja wichtig und

angenehm. Trotzdem hatte Jonas keinerlei
Verständnis dafür, dass bei der Zubereitung der
Mahlzeiten ein solcher Aufwand an Zeit und Material
betrieben wurde. Warum musste diese Familie nur
immer alles so kompliziert machen?

Für Eva dagegen war Kochen eine Form der
Selbstverwirklichung. Sie wusste, dass die Banausen
um sie herum ihre Hingabe kaum zu würdigen
verstanden, aber das war ihr egal. Heute allerdings
hoffte sie schon auf ein wenig Anerkennung. Alles,
was zu dem Dinner gehörte — die Gemüse, die
Salate, die Kartoffeln, das Öl und vor allem der
wundervolle Kalbsbraten — war ganz frisch vom
Biobauern bezogen, der in einem Weiler vor der Stadt
die Erzeugnisse seines Hofes direkt an verständige
Konsumenten verkaufte. Wenn auch zu Preisen, als
liefe das Geschäft über zehn Zwischenhändler!

Jonas erhob sich. Denn Eva verfiel nun in einen
lautstarken Aktionismus unter Verwendung bösartig
klingender Küchenmaschinen! ,Nein, das muss ich
nicht haben', dachte er und ging in Freds Arbeitszimmer. Auf dem Schreibtisch lag noch dasselbe
Buch wie gestern, lesebereit aufgeschlagen. Jonas
nahm davor Platz. Er betrachtete ausgiebig die
Buchseiten, aber dann irrte seine Aufmerksamkeit ab
zugunsten einer sehr entspannenden Meditation.
Vielleicht war er auch ein wenig eingenickt. Ja,
richtig! Im Unterbewusstsein hatte er Freds Auto
kommen hören, aber nicht die Energie aufgebracht,
dem Alten entgegenzulaufen.

Krachend flog die Tür zum Arbeitszimmer auf!
Fred feuerte seinen teuren Aktenkoffer gegen die

Bücherwand. Eva kam und wischte sich hektisch die Hände an ihrer Schürze ab. „Fred, wie siehst du denn aus?!" Er war nicht ganz nüchtern, nicht mal halb. „In diesem Zustand fährst du Auto?"

Mit großer Geste antwortete er: „Totalschaden."

„Um Gottes willen! Aber dir ist nichts passiert?"

„Mir? Mir ist eine totale Pleite passiert. Eine Neunzig-Millionen-Pleite. Der Pharmaetat ist futsch, futschicato! Hol mir einen Cognac, bitte."

„Nein, Fred, du solltest jetzt nichts mehr trinken. In einer halben Stunde kommen die Gäste."

„Ist mir egal."

„Und in England hat man ein Atomkraftwerk überfallen!"

„Ist mir auch egal."

Lisa schneite herein, mit dem Walkman auf den Ohren. Viel zu laut fragte sie: „Was ist denn hier los?"

Aus dem Fenster schauend murmelte Fred: „Ich bin im Eimer, das ganze Team ist im Eimer, wegen dieser Pharma-Ignoranten."

Eva trat neben ihn und sah zur Auffahrt hin. „Aber das Auto, das sieht doch ganz okay aus."

„Das Auto? Ach so, das Auto! Ja ja, das ist so ziemlich das Einzige, das nichts abgekriegt hat."

„Gott sei Dank! Aber Fred, das Atomkraftwerk da in England — hast du...?"

„Klar, in den Nachrichten bringen sie nichts anderes."

„Und was sagst du dazu? Was sollen wir denn bloß ..."

Er sprach jetzt etwas nüchterner: „Was ich dazu sage? Ich sage: Es geht eben alles den Bach runter. Hol mir einen Cognac."

Jonas tippte ihn an. „Ach, da ist ja mein Junge! Komm her, Bengelchen!" Obwohl er die Alkoholfahne grässlich fand, versuchte Jonas, den Alten ein bisschen aufzurichten — er war einfach umwerfend lieb!

Da brachte Eva den Cognac, nein, sogar zwei. Sie sah zu Jonas hin, dann hob sie das Glas, prostete Fred zu, trank und flüsterte fast: „Stimmt schon, was wir immer sagen: Jonas, der hat es gut."

Lisa setzte endlich den Walkman ab. „Papa ich hab die Matheprüfung verhauen."

„So? Ach, mein Kind, es kommen noch so viele Prüfungen auf uns zu..."

Ein leichter Brandgeruch stieg Eva in die Nase. Sie rannte in Richtung Küche, Jonas hinterher, Lisa auch, als letzter Fred. Die ,Maus' riss den Backofen auf, Fred das Küchenfenster. Alle vier standen vor dem Herd und starrten auf etwas Schwarzbraunes. Eva schlug die Hände vors Gesicht und sagte fast tonlos: „Der Kalbsbraten ist auch im Eimer."

Lisa setzte den Walkman wieder auf und ging in ihr Zimmer. Fred nahm Evas Hand: „Bald sind wir alle verstrahlt, da kommt es auf den Kalbsbraten wirklich nicht mehr an."

„Ha!!", Eva schrie fast, „ ich hab ja die eingefrorenen Kalbssteaks!" Als sie sich bei dem Biobauern eingedeckt hatte, konnte sie einfach nicht an diesen herrlichen, garantiert BSE- und antibiotikafreien Steaks vorbeigehen, die von Kälbchen stammten, die sie wahrscheinlich noch vor ein paar Wochen selbst gestreichelt hatte …

Da klingelte es an der Haustür. O nein! Sie waren noch nicht mal umgezogen! Wahrscheinlich kamen Karin und Robert wieder zu früh. So war es. Nach der üblichen wort- und gestenreichen Begrüßung — Luftküsschen links, Luftküsschen rechts — kam auch Jonas auf seine Kosten. Dann verschwanden die verfrühten Gäste mit Fred im Wohnzimmer, und Eva versuchte in der Küche, die steinhart gefrorenen Steaks in einen kulinarischen Genuss zu verwandeln.

Als sie sich zwischendurch in Windeseile schön machte, schlenderte Jonas kurz noch einmal in die Küche. Die leise brutzelnden Steaks rochen verführerisch. Aber er probierte lieber ein Häppchen von dem missachteten Kalbsbraten. Der hatte zwar eine etwas harte Kruste, darunter aber schmeckte er einfach gigantisch! Nach diesem schönen Erlebnis begab sich Jonas ins Bett. Genauer gesagt: in Evas Bett. Was sollte er anderes machen? Lisa saß an ihrem blöden Computer, der für ihn tabu war, und verschickte Dutzende von E-Mails. Bei den Gästen zu hocken, die nun wohl vollzählig waren, reizte ihn auch nicht; er war nun mal kein Partylöwe.

Mit dem Nachgeschmack des Kalbsbratens auf der Zunge sank er in Schlummer, so gut es ging. Die Gäste lachten und schwatzen und lachten immer lauter, je mehr Fred von seinem guten Rothschild-Wein kredenzte.

Erst lange nach Mitternacht wurde es ruhig. Erhitzt kamen Eva und Fred ins Zimmer. Hell schien der Mond herein; deshalb machten sie gar kein Licht.

„Dein Chef hat immerhin gesagt: Eine Schlacht ist verloren, mein lieber Marholm, aber den Krieg führen wir weiter. Lieber Marholm, hat er gesagt, immerhin!"

„Ja, und gleich danach, typisch Werbefuzzi: ‚Wir sind eben MORE FOR LIFE!' Als ob sein Laden irgendwas mit dem Leben zu tun hätte!"

Stumm zogen sie sich aus. Plötzlich entfuhr es Fred: „Musstest du den Boss unbedingt mit deiner Atomangst belästigen?" Eva stand reglos. „Und musstest du unbedingt den ganzen Abend mit seiner Dritten flirten? Glaubst du, das hat ihm gefallen?" Dann deutlich lauter: „Mir hat es jedenfalls nicht gefallen!"

Im Dunkeln konnte Fred nicht sehen, ob sie wirklich so sauer war, wie es sich angehört hatte. Als er seine Unterwäsche auszog, genierte er sich ein bisschen — vor der eigenen Frau, so weit war es also schon gekommen! Umso lässiger sagte er: „Ach Maus, jetzt ist wirklich nicht der Augenblick zu streiten. Es tut mir leid, ehrlich, es tut mir leid." Nackt lügt es sich schlecht, dachte Eva, darum glaubte sie ihm und ging ins Bad.

Ob es ihm leid tat, weil das Geflirte eine taktische Dummheit gewesen war oder weil er Eva damit beleidigt hatte (oder aus beiden Gründen), das wusste Fred selbst nicht genau. Er betätigte die Fernbedienung des kleinen Portables auf Evas Schreibtisch. Sondersendung! „Zur Zeit bewegt sich die eher schwach radioaktive Wolke von den Britischen Inseln ...“ Er drückte auf Off, dreimal! „Eher schwach? Na, wer's glaubt!“

Als er zum Bett trat, das einmal das Ehebett gewesen war, bemerkte er Jonas, ganz hinten an der Wand. „He, du! Das geht jetzt aber nicht, Jungchen, du musst raus.“ Jonas machte auf Tiefschlaf.

Die ‚Maus‘ schwebte ins Zimmer. Fred riss die Augen auf — tolles Nachthemd! Nun ging sie auch noch zum Fenster: Der Mond, das Gegenlicht, ihre Silhouette ... auch ohne Baron Rothschild wäre er höchst animiert gewesen! Sie schloss die Vorhänge, dann umarmten sie sich, fast wie früher. Eva sagte leise: „Sind die Menschen nicht komisch? Was man nicht sehen, nicht riechen, nicht spüren kann, das gibt es praktisch nicht für sie. Atome können sie spalten. Aber sich die Strahlen vorzustellen und die Wolken, die alles umbringen, dazu reicht es nicht.“

In diesem Augenblick sah auch sie Jonas auf ihrem Bett. Fred kam ihr zuvor: „Ich hab ihm schon gesagt, dass er abhauen muss. Also los, du Bengel, raus mit dir, wir können dich hier jetzt nicht brauchen.“ Jonas spürte, dass er als Dritter im Bunde keine Chance hatte, räkelte sich umständlich, erhob sich betont langsam und schritt huldvoll zur Tür. Mitten auf der Schwelle blieb er stehen.

Eva schlüpfte unter die Daunendecke. „Du, Fred, wir sollten unseren Jonas nicht immer Jungchen, mein Junge, Bengelchen oder so nennen. Er ist ja schließlich kein Kind.“ Schon halb in der Diele, antwortete Fred: „Kein Kind, kein Mensch, da hat er Glück!“ Eva richtete sich auf. „Unser lieber Kater ist

er, ein Kater im besten Alter, das genügt doch wohl!"
Fred streichelte Jonas. „Komm, nimm den Schwanz
aus der Tür, mein — mein Freund, wir gehen noch
rasch ins Bad."

Aber Jonas tappelte schnurstracks zu Lisa, kroch
an ihren Füssen unter die Decke, begann exzessiv zu
schnurren und schleckte nacheinander ihre Zehen ab.
Wieder mal hatte er es richtig gut. Lisa wohl auch; sie
murmelte im Traum: „He, … Michi, Michi …"

Später hatten auch Eva und Fred Zeit zu träumen:
Umringt von Fans, sah sich die ‚Maus', wie sie ihr
erstes Buch signierte: ‚Der Spaghettidichter' von Eva
Marholm. Fred pokerte mit dem Pharmaboss die
halbe Nacht lang auf dessen atemberaubender Mega-
Yacht — um neunzig Millionen.

Aber nicht mal im Traum ahnten Eva und Fred,
dass sie in dieser Nacht ein fünftes Familienmitglied
gezeugt hatten: Benjamin, das Nesthäkchen.

Und die Wolke, die kam Stunde für Stunde näher.
Der einzige, der davon keine Ahnung hatte, haben
k o n n t e — der kleine Jonas — spürte sie irgendwie
in den Haarwurzeln. Als es hell wurde, schielte er
einmal, zweimal, dreimal misstrauisch zum Fenster
hin.

Nein, nichts Besonderes. Es sah aus, als würde es
ein schöner Tag werden.

Lucca

Wie man eine Katze für sich gewinnt
(frei nach T. S. Eliot)

Ich hab' nun aus der Katzenwelt
schon manches Beispiel vorgestellt.
Ich glaub', ihr Wesen, Fühlen, Tun
verstehst du ohne Dolmetsch nun.
Die Katzen, denkst du sicherlich,
sind ziemlich so wie du und ich
und andre Leut', die man so kennt,
in ihrem Geist und Temperament.
Teils sind sie träge, teils nervös,
teils lieb und sanft, teils wild und bös,
teils Engeln gleich, teils Teufelsbrut —
doch für'n Gedicht ist jede gut!

Du sahst die Katz bei Kampf und Spiel,
erfuhrst von ihren Sitten viel.
Doch offen blieb, wie du gleich liest,
die Frage, wie sie Freundschaft schließt.
Hier gilt ein Satz, der sehr profund:
MENSCH! EINE KATZE IST KEIN HUND!

Ein Hund, o Gott, sucht ständig Streit,
knurrt scheinbar wild und kampfbereit
und zeigt sich dann als schlapper Geist,
der viel mehr bellt als er je beißt.
(Ich nehme aus die Pekinesen
und solch verrückte Hundewesen.)
Der Durchschnittshund, kaum anzuschaun,
spielt für den Menschen meist den Clown.

Er ist nun mal nicht aus dem Holz,
Dezenz zu zeigen, Würde, Stolz.
Und kraulst du ihn, kommt er gleich mit
und folgt dir blind auf Schritt und Tritt.
Ein netter Klaps – ojemine:
Er heult vor Glück, springt im Karree.
Ein Pfiff – er kommt zu jeder Stund.
Mein Gott, wie hündisch ist ein Hund!

Kurz und profund: Es gilt der Satz:
Hund bleibt Hund, und Katz bleibt Katz!

Man sagt: Wenn du 'ne Katze siehst,
so warte, bis sie dich begrüßt —
ein Rat, dem ich nicht folgen kann:
Ich spreche sie von mir aus an.
Doch weiß ich wohl, was sie nicht liebt:
dass man sich plump vertraulich gibt.
Drum neig ich tief mich, zieh den Hut
und frag ganz leise: „Geht's dir gut?"
(Den süßen Fratz von nebenan,
den red ich freilich lockrer an,
geh ohne Zögern zu ihr hin
und rufe: „Hallo, Nachbarin!"
Ich glaub, man nennt sie Springinsfeld —
wir wurden noch nicht vorgestellt.)

Nun sag ich dir, was man so tut,
damit ein Katzentier geruht,
gut Freund zu sein. Man selber gibt
ein Zeichen ihm, dass man es liebt:

Ein Schälchen Milch ... beim nächsten Mal
Pastete dann ... und Räucheraal,
dann Lachs ... und Kaviar, wenn es geht ...
Du wirst schon sehn, worauf sie steht.
(Ich kenn 'nen Kater, dessen Näslein
betört der kleinste Happen Käslein,
ob Roquefort, Chester, Camembert —
auch Leberkäse liebt er sehr.)

Kurz: Jede Katze reflektiert
darauf, dass man sie respektiert
s o   w i e   s i e   i s t ! Dann schnurrt sie los
und hüpft von selbst auf deinen Schoß.
Das war's! Nun weißt du, liebes Kind,
wie man das Katzenherz gewinnt.

Schnäuzchen

Der alte Mann und die Katze

Erwin Funk lebte allein. Er lebte schon lange allein. Seine Frau, obwohl jünger als er, war vor über drei Jahren gestorben. Aber das altmodische Ehebett — Schleiflack weiß mit Nussbaumleisten — hatte er behalten. Die linke Hälfte war sogar noch bezogen, obwohl sie doch immer leer blieb. Jedenfalls seit letztem Herbst. Bis dahin hatte dort, auf dem dicken Kissen, Kitty geschlafen. Allerliebst hatte Erwin das gefunden, die graue Kitty auf dem geblümten Kissenbezug. Über fünfzehn Jahre alt war sie geworden; dann ging es nicht mehr: Sie konnte kaum noch laufen, und er musste sie sogar in ihre Katzentoilette tragen.

Erwin Funk weinte wie ein Kind, wenn er an ihre letzte Stunde dachte, an die Minute, in der sie einschlief für immer. Dr. Hermes, der Tierarzt, hatte versucht zu trösten: „Sie hat's hinter sich. Hoffentlich können wir auch mal so schmerzlos abtreten." Wie ein Kind weinte er, der alte Funk mit seinen sechsundsiebzig Jahren, wenn er daran dachte. Warum auch nicht? Ihn sah und hörte ja niemand. „Kittylein, Kittylein", schluchzte er — ja, sie war nun auch schon über ein Jahr nicht mehr da.

Wie groß und leer eine Zweizimmer-Neubauwohnung sein kann, das weiß nur, wer plötzlich darin allein ist. Es hat keinen Sinn, vom Wohnzimmer ins Schlafzimmer oder ins Bad oder in die Küche zu gehen, außer wenige Male am Tag. Man kann auch mal auf den Balkon treten. Aber was tut man die restlichen Stunden und Stunden? Der Supermarkt lag gleich um die Ecke; das Einkaufen war also schnell erledigt. Zum Friseur muss man nur ein Mal im Monat. Die Post besteht fast nur aus Werbung. Erwin Funk hatte zu viel Zeit und zu wenig zu tun. Eine Zeitung hielt er sich nicht, denn lesen machte ihn müde und auch ein wenig konfus. Ein Mensch, der über vierzig Jahre lang bei den städtischen Straßenbahnwerken gearbeitet hat — an der Wand hing das goldgerahmte Treuediplom — besitzt keine Übung im Lesen. Natürlich hatte der alte Mann einen Fernseher. Doch da gab es ein Problem: Wenn er den Ton nicht voll aufdrehte, sah er immer nur die Bilder. Vierzig Jahre Schweißer — das geht aufs Gehör! Nur die Tiersendungen verfolgte er mit höchster Lautstärke; dann klopften auch schon die Nachbarn — Neubauwände eben!

Erwin Funk war sein Leben lang ein Familienmensch gewesen, nannte Kinder und Enkelkinder sein eigen, doch die wohnten alle in anderen Städten. Außer ein paar Fotos an den Wänden hatte er nichts von ihnen. Die ehemaligen Kollegen aus der Straßenbahnwerkstatt waren fast alle schon unter der Erde. Und jedes Jahr starben wieder zwei oder drei. Erwin hasste die Begräbnisse! Sie kamen ihm vor wie eine letzte Mahnung. Eine Mahnung? Ja, er fand es irgendwie sündhaft, die späten Lebensjahre so sinnlos zuzubringen. „Man lebt nur einmal", sagte er immer, „man lebt nur einmal." Aber wofür?

Ab und zu kam Frau Schwenke aus dem dritten Stock zu Herrn Funk, eine resolute Matrone, die laut genug sprach, um sich ihm verständlich zu machen. Sie räumte ein wenig auf, kümmerte sich um seine Kleidung, wusch auch mal seine Gardinen mit, ja, das ging nun schon ziemlich lange so. Eines Tages, als Frau Schwenke ihm zwei Jacken aus der Reinigung zurückbrachte, öffnete er nicht auf ihr Klingeln. Doch sie hörte Geräusche in der Wohnung: ein Poltern, laute Flüche, schwere Schritte. Dann riss Funk die Wohnungstür auf. Er war total betrunken. So etwas! Der liebe alte Mann führte sich auf, wie sie ihn noch nie erlebt hatte: schrie sie an, riss ihr die Jacken aus der Hand, schubste sie grob in Richtung Tür …

Erst war Frau Schwenke tief verletzt. Dann überlegte sie, dass er sich wohl geschämt hatte, der alte Funk, in so einem Zustand erwischt worden zu sein. Ob er öfter trank? Während sie ihre Mangelwäsche penibel nachbügelte, kam sie ins Grübeln: Es tut nicht gut, wenn der Mensch allein ist — das war so ungefähr das Ergebnis.

„Herr Funk, es geht nicht, dass sie da in der Wohnung so einsam vor sich hin leben", rief sie ihm ins Ohr, als er sich mit drei Nelken für den gestrigen Auftritt bei ihr entschuldigte. „Sie brauchen wieder eine Katze!" Am Nachmittag wunderte sich Erwin Funk, dass er nicht selbst auf die Idee gekommen war. „Eine neue Kitty, eine neue Kitty", murmelte er unter Tränen — und öffnete die Lambrusco-Flasche. Wenn er etliche Gläser, eine ganze Flasche — oder zwei — intus hatte, veränderte sich der alte Mann fast so, wie man es aus der Geschichte von Jekyll und Hyde kennt: Alle Sanftmut und Sentimentalität fiel von ihm ab. Er fluchte wütend vor sich hin, warf die Türen ins Schloss, trat gegen die Möbel, stöhnte, rülpste, grunzte, ließ sich auf jede Weise gehen. Seine Bewegungen bekamen etwas Gewalttätiges, und einige Male schon hatte er sich selber ernsthaft verletzt. Irgendwann stürzte er dann zu Boden, und es war ihm egal, was er dabei umriss oder unter sich begrub. Worauf war er so böse? Auf sich, auf sein Leben?

Am übernächsten Tag brachte Frau Schwenke Herrn Funk in einem braunen Karton mit Löchern ein Katzentier. Er war nüchtern. Seine Augen wurden so groß, wie Frau Schwenke sie noch nie gesehen hatte. Seine Hände griffen zitternd — war es Vorfreude oder Entzugserscheinung? — in den Karton nach dem verschreckten Tier. Obwohl es nicht grau war, sondern weiß mit rötlichen Flecken, rief Erwin sogleich: „Kitty, Kitty, da bist du ja!"

„Das ist ein Kater", sagte Frau Schwenke ausreichend laut, „er ist kastriert, vier Jahre alt und heißt Anton."

Erwin nahm das misstrauisch blickende Wesen einigermaßen sanft auf den Arm: „Ach Kittylein, wie werden wir es gut haben!"

Frau Schwenke dachte mehr an das Praktische: „Herr Funk, Sie brauchen sofort eine Katzentoilette, einen Kratzbaum, einen Tragekorb und natürlich Katzenfutter für Anton."

„Es ist alles noch da, von Kitty", erwiderte Erwin, „nur kein Dosenfutter. Aber heute gibt es erstmal Hähnchenschenkel bei uns, Kittylein, Kittylein …" Er küsste ihr beziehungsweise sein Köpfchen, und Anton suchte leicht überfordert das Weite. Unter dem Sofa fand er es weit genug.

Die rührende Szene nahm nach Frau Schwenkes Abgang leider eine ungute Wendung. Vor Glück, nicht mehr allein zu sein, genehmigte sich Erwin eine Flasche Lambrusco — nein, fast zwei — und geriet in den beschriebenen Zustand. Anton vertauschte seinen Platz unter dem Sofa mit einer Nische in der Küche, die Erwin Funk seit Jahren nicht mehr bemerkt hatte — zwischen Kühlschrank und Spüle.

Von Hähnchenschenkeln war nicht mehr die Rede. Die Katzentoilette wurde auch nicht hervorgeholt. Stattdessen ruderte Erwin Funk wild grölend durch die Wohnung, warf Stühle um, fegte Geschirr vom Küchentisch und schleppte sich schließlich ins Bad, wo er einschlief.

Anton hatte Durst. Und trotz der Angst, die ihn fast gelähmt hatte, kroch er irgendwann, als lange genug alles ruhig gewesen war, aus seinem Versteck hervor, sprang auf den Rand der Küchenspüle und leckte die Wassertropfen vom Hahn ab. Aus dem Bad hörte er kräftiges Schnarchen. Das kannte er; sein früheres Herrchen hatte auch immer so unmelodisch geschnurrt beim Schlafen, aber doch anders.

Katzen sind neugierig. Also schlich Anton zur Badezimmertür. Dort lag der Mann, der ihn so grässlich erschreckt hatte. Aber jetzt schien er friedlich. Anton blieb eine Weile auf Distanz sitzen, sah schließlich keinen Grund zu verduften und legte sich auf den Teppich vor der Badezimmertür. Beide schliefen.

Am nächsten Morgen fühlte sich Erwin Funk elend. Aber als er sah, was seine Katze angerichtet hatte, musste er doch lachen. Die Duschwanne war zum Katzenklo geworden, und in der Küche fehlte einer der Hähnchenschenkel. Wohlgemerkt: einer. Der andere schien unberührt.

Erwin holte die Katzentoilette aus dem Abstellraum, füllte den Rest einer großen Tüte mit Katzenstreu hinein, stellte ein Schälchen Wasser auf und knabberte dann zum Frühstück den zweiten Schenkel. Anton schaute aus angemessener Entfernung zu.

„Komm mal her, Kitty!" Keine Reaktion. „Na, komm schon!" Anton gähnte. „Schau mal, willst du nicht noch ein bisschen von dem Hühnerfleisch?" Anton zog es vor, erstmal aus dem Wassernapf zu trinken und wandte Erwin sein Hinterteil zu. „Ich glaube, du bist ein ziemlich stolzer Kerl, A n t o n !" Nach diesen Worten stand Funk auf und ging einkaufen.

Im Supermarkt gab es alles, was Katzen mögen. Und natürlich auch alles, was Menschen gern haben. Zum Beispiel Lambrusco, Liter einsfünfzig. Doch an diesem Regal ging Erwin Funk heute achtlos vorbei. Das gelang ihm nicht immer. Aber immer öfter.

Einen schweren Rückfall erlitt er nach der Beerdigung seines Freundes Fritz, der sich im Treppenhaus seines Reihenhäuschens aufgehängt hatte. Einfach aufgehängt! Es war kein schönes

Begräbnis gewesen, ohne Musik, ohne Pfarrer. Und der Sohn, der Fritz gefunden hatte, schaute am Grab immer noch so drein, als ob er seinem armen Vater böse sei.

Als Frau Schwenke am Abend mal nach den beiden sehen wollte, fand sie Funks Wohnung in einem schlimmen Zustand vor. Ihn selbst fand sie neben dem Bett. Anton fand sie gar nicht.

„Die Katz is weg", lallte Erwin Funk. Aber Anton hockte mit weit aufgerissenen Augen in seiner Geheimnische zwischen Kühlschrank und Spüle. Frau Schwenke kippte den restlichen Lambrusco einfach ins Klo, hievte Erwin Funk auf das Bett und kochte ihm einen starken Kaffee. Dann räumte sie notdürftig auf, versuchte Anton hervorzulocken, was misslang, und holte schließlich Eiswürfel aus dem Kühlschrank, die sie Herrn Funk mit einem Waschlappen auf die Stirn legte.

Nachdem er halbwegs zu sich gekommen war, hielt sie ihm eine Standpauke. Er habe jetzt keinen Grund mehr, sich so gehen zu lassen! Er sei jetzt nicht mehr allein! Und er habe jetzt eine Verantwortung - auf Jahre! Wenn er betrunken durch die Wohnung tobe, könne ja wer-weiß-was passieren! Die Nachbarn tuschelten schon über den grässlichen Lärm. Und s i e würde von jetzt an für ihn und Anton einkaufen!

Als sie aus dem Schlafzimmer trat, sah sie Anton mitten im Flur sitzen. Er schaute, als wollte er sagen: So war's richtig!

Am nächsten Morgen schlief Erwin Funk bis in die Puppen. Den linken Arm hatte er von sich gestreckt. Irgendwann spürte er etwas an seinen Fingern. Es war Antons Zunge. Der Kater thronte auf Kittys Kissen. Aber das sah Erwin nicht. Er fühlte es nur. „Ich bin nicht mehr allein", murmelte er im Halbschlaf, „ich muss leben, ich muss gesund bleiben, ich muss leben ... man lebt nur einmal." Dann sank er in angenehme Träume.

Erwin Funk lebte noch gut zehn Jahre. Als Anton fünfzehn wurde — wie damals Kitty! — fand er, nun sei es genug. Sie starben beide ganz friedlich innerhalb weniger Tage, wie es öfter geschieht bei sehr engen Partnern. „Ihr Herz hörte einfach auf zu schlagen", sagte Frau Schwenke.

Flockie

Appell

Alle Tiere sind — genau wie wir —
einen kurzen Augenblick nur hier,
auf dem Ball, der alles Leben trägt
und sich durchs Unendliche bewegt.

Noch das kleinste Tier im Herzen spürt,
dass die Sonne seine Haut berührt.
Aber nur des Menschen Geist sieht ein,
dass sie scheint nicht nur für ihn allein.

Darum, bitte, gebt
dem, was mit uns lebt
und was fühlt wie wir,
fühlt wie wir den Schmerz,
euer Herz,
euer Herz.

Orlando, Puschl und Maxi

Vom gleichen Autor sind erschienen:

STÜCK-ARBEIT, Buch 1
Bühnen- und Hörspieltexte
208 Seiten, ISBN 3-8334-2266-1

„Eine Million fällt vom Himmel"
Szenen und Songs um Liebe, Geld und Zufall

„Fluchten"
Ein Stück mit drei Seelen

„Ein weites Land"
Hörspiel, frei nach der Tragikomödie
„Das weite Land" von Arthur Schnitzler

Schwarzrosa Prosa
Kurzgeschichten
174 Seiten, ISBN 3-8334-1008-6

Geschichten vom Hörensagen
Beinahe-Love-Storys
Geschichten ohne Pointe
Katzen-Schnurren
Aus dem Familienleben
Fast wahre Satiren
Vers-Erzählungen

STÜCK-ARBEIT, Buch 2
Bühnen- und Hörspieltexte
208 Seiten, ISBN 3-8334-3239-X

„Die Insel des Zauberers"
Libretto für ein Magical, frei nach
Shakespeares Schauspiel „Der Sturm"

„Die Freizeit-A.G."
Eine aktuelle Utopie

„Der gute Nathan"
Hörspiel — eine Variation über Lessings
„Nathan der Weise"

Vorsicht: Gedichte!
Verse aus acht Jahrzehnten
228 Seiten, ISBN 3-8334-1641-6

Aus jungen Jahren
Erste Bühnen-, Funk- und Plattentexte
Gedichte auf Reisen
Lappland-Lyrik
Tiergedichte
CATS — nicht nur ein Musical
Balladen, Sprech-Chansons, Couplets
Chansontexte aus Bühnenstücken
Epigramme etc.

STÜCK-ARBEIT, Buch 3
Bühnen und Hörspieltexte
220 Seiten, ISBN 3-8334-4790-7

„Schall und Rauch"
Ein literarisches Rollenspiel

„Dreikönigsnacht"
Venezianisches Maskenspiel, frei nach
Shakespeares Komödie „Was ihr wollt"

„Der Porzellanladen"
Ein Stück Familiengeschichte

„All Blues — ein Jazzical"
Audioplay

Erzähl doch keine Geschichten!
33 Geschichten
252 Seiten, ISBN 987-3-8334-7030-1

Neues aus dem Familienleben
Frappante Enthüllungen
Unsere lieben Frauen
Geschichten von heute und morgen
Short-Short-Storys

STÜCK-ARBEIT, Buch 4
Bühnen- und Hörspieltexte
212 Seiten, ISBN 978-3-8334-9567-0

„Der Kaufmann von London"
Eine Variante zu Shakespeares Komödie
„Der Kaufmann von Venedig"

„Die Bombenparty"
Schauspiel nach einem Roman von Graham
Greene

„Der Puppenspieler"
Funkerzählung

Der andere Adam
Filmnovelle
176 Seiten, ISBN 978-3-8370-1028-2

In Vorbereitung:

STÜCK-ARBEIT, Buch 5
Bühnen- und Hörspieltexte